AF199241

Das vorliegende Taschenbuch wurde im Rahmen des Integrationsprojektes CariBu des Berufsfortbildungswerk – Gemeinnützige Bildungseinrichtung des DGB (GmbH) realisiert.

ESF-Projekt CariBu in der JVA Hannover

... und plötzlich bist Du nur noch eine Buch-Nummer!

Kurzgeschichten

Impressum

Bibliografische Information der Deutschen Nationalbibliothek:
Die Deutsche Nationalbibliothek verzeichnet diese Publikation in der
Deutschen Nationalbibliografie; detaillierte bibliografische Daten sind
im Internet über http://dnb.dnb.de abrufbar.

Lektorat: Steffen Kröber
Fotos: Steven Piekert
weitere Autoren: Inhaftierte der JVA Hannover

Herstellung und Verlag: BoD – Books on Demand, Norderstedt

ISBN: 978-3-7504-6932-7

Inhaltsverzeichnis

Vorwort

CariBu, was ist das eigentlich? Das haben Sie sich bestimmt gefragt. Im Januar 2016 durften wir mit unserer Arbeit in der JVA Hannover beginnen. Das bfw – Unternehmen für Bildung hatte sich für eine Ausschreibung bei der NBank und beim Europäischen Sozialfonds beworben und diese gewonnen.

Zunächst hieß das Projekt Aribo. Schnell wurden wir von allen liebevoll Haribo genannt. Die Aufgabenstellung: Inhaftierte, die noch circa sechs Monate in Haft sind, auf den ersten Arbeitsmarkt vor zu bereiten und sechs Monate nach ihrer Haft zu betreuen. Das klingt nach einem guten Plan.

Zunächst mussten wir mit Hilfe unserer JVA Kollegen passende Teilnehmer finden. Von allen Seiten hörten wir, das kann doch nicht so schwierig sein 12 von circa 500 Inhaftierten.

Die zukünftigen Teilnehmer sollten in der JVA arbeiten (das müssen eigentlich auch alle, aber durch Vergehen oder ähnliches, ist dies nicht immer der Fall), drogenfrei sein (auch dies stellt eine Herausforderung dar, einige werden substituiert), der deutschen Sprache mächtig sein (wir hatten sogar einen Analphabeten), auf den ersten Arbeitsmarkt vermittelbar (viele haben nicht einmal einen Hauptschulabschluss), Freistellung zu unserem Unterrichtstag (in vielen Betrieben ist dies auf Grund der Auftragslage nicht immer möglich) und ein wichtiger Punkt noch circa sechs Monate in Haft. Das lässt sich doch absehen, werden sie jetzt sagen.

Ja, da haben Sie sogar recht. Aber ein unvorhersehbares Element, spielt eine große Rolle, wie wir schmerzlich erfahren mussten; Der Mensch.

Der Mensch tut verbotene Dinge. Auch in einer JVA. Handys sind verboten, genauso wie Drogen und Alkohol.

Ist es nicht gerade das Verbotene, was uns reizt? Wir haben vielleicht noch eine Familie, Freunde oder Bekannte, bei denen wir unsere Sorgen ausschütten können. Was aber, wenn das alles wegfällt und wir auf uns allein gestellt sind? Hinter Mauern und Stacheldraht weggesperrt.

Der Kontakt zu den Menschen, die wir lieben, nur am Telefon stattfindet. Vom Leben da draußen ausgeschlossen (der erste Schultag unserer Kinder, der Tod des Onkels, die Kommunion unserer Nichte, das Feierabend Bier mit unserem Chef, die Kino-Premiere...), können wir, Sie, behaupten, dass Sie in dieser Atmosphäre nichts Verbotenes tun würden?

Aber auch in einer JVA bleibt es nicht ungesühnt. So kommt es zu Disziplinar Strafen und die Verweildauer kann sich verlängern.

Ich wurde einmal bei einer externen Audit Überprüfung gefragt, was die Voraussetzung für den Job als Integrationscoach sei. Spontan antwortete ich: „Menschenliebe".

Ein gewisses Maß an Verständnis, Respekt und Achtung, Freundlichkeit, Empathie sowie die volle Fokussierung auf Erfolge machen diese „Liebe" möglich.

Als mein Mann (Projektleiter) mir zum ersten Mal sagte: „Wenn das nächste Projekt klappt, dann schreibst Du ein Buch mit den Jungs", da dachte ich „Ach du Scheiße". (Verzeihen Sie bitte diesen Ausdruck, aber das dachte ich wirklich.)

Gesagt habe ich nichts. Da mein Mann mich aber sehr genau kennt, wusste er, was dieses Schweigen bedeutete – Skepsis.

Wie soll ich das schaffen? Ein Buch mit unseren Teilnehmern schreiben, mal eben so neben Arbeitsplätzen suchen, Tränen von Freundinnen unserer Teilnehmer trocknen, zukünftige potentielle Arbeitgeber beflirten, immer ein nettes Gesicht machen, mit einem Teilnehmer kurz zur Fußpflege danach noch schnell zum Bewerbungsgespräch oder vielleicht noch eine kleine Konferenz?

Als ahnte er meine Gedanken, sprach er: „Wieso, das hast du doch schon einmal hinbekommen."

Damals hatte ich die Aufgabe, sozial benachteiligte Jugendliche für ein Sommerprojekt zu begeistern. Eines, dass ich mir ausdenken sollte. Es waren zunächst zehn junge Menschen, die in ihrem kurzen Leben schon sehr viel Gepäck mit sich trugen. Neun von ihnen konnte ich begeistern eine Geschichte für ein Buch zu schreiben. Als „Wir sind nicht dumm" erschien, waren die Jungs und

Mädels sehr stolz auf ihre Leistung. Für mich war es ein tolles Gefühl, dass ich diese jungen Menschen dazu wegen konnte, ihre eigenen Gedanken aufzuschreiben, sich gegenseitig Feedback zu geben und schließlich wurde daraus ein richtiges interessantes Buch. Natürlich nicht ohne die Hilfe meines Mannes. Er hat damals alle Geschichten Korrektur gelesen, in Buchform gebracht, die Teilnehmer motiviert weiter zu machen und das Buch verlegen lassen.

Unser neues Projekt war ja erst als Planung weitergegeben und noch nicht genehmigt. So konnte ich es mit Scarlett o Hara halten: „Verschieben wir es auf morgen."

Tatsächlich wollte ich erst einmal den „normalen Alltag" bewältigen. Sorgen wie ich es schaffen sollte, ein Buch mit Inhaftierten zu schreiben, könnte ich mir immer noch machen. Sagte ich mir damals.

Sie ahnen es. Es ging alles so viel schneller vorbei. Es stand fest. Unsere Geldgeber begrüßten die Idee meines Mannes. Na dann mal los.

Was wollen wir mit diesem Buch erreichen? Das ist die grundsätzliche Frage, die wir unseren Teilnehmern verdeutlichen mussten. Und wohin geht der eventuelle Erlös? Letzteres stand schnell fest; „Gefangene helfen Jugendlichen."

Hier ein kurzer Auszug der Homepage:

Eine Initiative von Inhaftierten

1996 hatten drei Inhaftierte der Justizvollzugsanstalt Fuhlsbüttel, genannt „Santa Fu", die Idee zu einem Verein. Das Ziel: Insassen der JVA erhalten eine Aufgabe, indem sie im Bereich der Kriminal- und Gewaltprävention für Jugendliche arbeiten.

Die Projektkonzeption wurde in Zusammenarbeit mit der Behörde für Schule, Jugend und Berufsbildung sowie der Justizbehörde erarbeitet. Nach einer Erprobungsphase im Jahr 1998 hat sich das Projekt der JVA-Besuche mit Jugendlichen durchgesetzt und wird seitdem als Kernprojekt des Vereins betrieben.

Gefangene helfen Jugendlichen e.V. ist seit 2001 ein eingetragener Verein und hat seit 2005 die Anerkennung als Träger der freien Jugendhilfe.

Die Idee: Gefangene von „drinnen" haben mit Jugendlichen von „draußen" Kontakt

Den Schwerpunkt des Besuchs vor Ort legt das Team von Gefangene helfen Jugendlichen e.V. in das Gespräch zwischen delinquenten Jugendlichen und ausgewählten, verantwortungsvollen Insassen, die ihre Taten bereuen. Der Gefängnisbesuch und die Konfrontation mit den Biografien der Insassen soll die Gedanken zur Lebensplanung- und -auffassung der Jugendlichen erreichen. Er soll Irritationen in die

Klischees und Stereotype der Jugendlichen von Kriminalität, Gefängnis und Gewalt bringen. Es ist ein Denkanstoß. Denken und handeln müssen die Jugendlichen selbst.

Starke Kooperationspartner, zuverlässige Förderer und ein beständiges Team haben es uns möglich gemacht, dass wir bereits über 5.000 Jugendliche durch den Besuch in den Justizvollzugsanstalten und über 11.500 Schüler durch den Präventionsunterricht erreichen konnten.

In den letzten Jahren arbeitet GhJ daran, das Projekt auch auf andere Standorte auszubauen. Diese Arbeit ist an Standorten in Bremen, Hannover und NRW bereits erfolgreich.

Die genannten Ziele sind auch unsere Ziele. Wir möchten mit den Alltagschilderungen unserer Teilnehmer erreichen, Vorurteile abzubauen (Knast ist cool, die arbeiten, da ja gar nicht, leben wie Gott in Frankreich auf unsere Kosten und so weiter).

Wenn wir eine Mutter, einen Vater, einen Bruder, eine Schwester, eine Tante, einen Onkel dazu bewegen können im Vorfeld auf kleine Signale zu achten.

Wenn wir den einen oder anderen Jugendlichen erreichen können, dann freuen wir uns.

Einer meiner Lieblingskollegen hat mal zu mir gesagt: „Ulrike wir können nicht alle retten." Aber wenn wir den einen oder anderen Jugendlichen erreichen können, dann ist es ein Erfolgsfaktor.

Apropos wir sind sehr glücklich, dass unsere Teilnehmer ihre Gefühle zum größten Teil so freimütig ausgedrückt haben. Ein großes Dankeschön dafür.

Allen die dies Buch möglich gemacht haben, die Anstaltsleitung der JVA Hannover, die NBank, der Europäische Sozialfonds, der Verein Kontakte e.V, (der unsere Lesung mitfinanziert hat) ein ganz herzliches Dankeschön. Herr Brehm hat uns in diesen vier Jahren immer liebevoll motiviert und unterstützt.

Liebe JVA Kollegen, Abteilungsleiter, Sicherheitsleitung und Sicherheitsmitarbeiter, Sozialarbeiter, Psychologen, Seelsorger, Werkdienstleiter, Beamte, Handwerksmeister und an alle, die ich bestimmt vergessen habe (ist wirklich schwierig und dann noch die ganzen Titel) Ihnen/Euch ein ganz großes Dankeschön. Auch dafür, dass ich immer alles Fragen darf. Da fehlt doch
was? Ja, die Damen, ...innen. Zweien von Ihnen gilt mein besonderer Dank: Frau Gödicke und Frau Weise. Ohne diese beiden, hätte ich das eine oder andere Mal, den Mut verloren.

Meinem Mann möchte ich für seine nie aufhörende Motivation und Liebe danken. Liebling, ohne Dich hätten wir es nicht geschafft. Du hast alle wüsten Beschimpfungen meinerseits erduldet, wenn „Word" mal wieder aus lauter Gemeinheit (ich kann das gar nicht) Kopfzeilen eingebaut hat oder oder....

Zu guter Letzt: Ganz oft höre ich den Satz: „Der kommt doch sowieso wieder." Ja, auch unser Projekt kann nicht garantieren, dass Inhaftierte nach ihrer Entlassung wieder straffällig werden. Aber jeder Tag, den ein Ex-Häftling nicht in einem Gefängnis ist, ist ein guter Tag.

Die Gedanken sind frei?

Mein erster, mir bewusster Eindruck entstand sicherlich später, da ich mich noch wie in einer Blase abgeschottet hatte. Während meine körperliche Hülle diese Prozesse roboterartig durchlief, schwirrte mein Bewusstsein, im Leerlauf, als stiller Beobachter um mich herum.

Das riesige Tor der JVA schloss sich hinter mir. Durch ein Labyrinth aus Gängen führte man mich in einen fensterlosen Raum der ähnlich wie eine Sicherheitsschleuse am Flughafen ausgestattet war. Ich musste durch einen auf Metall reagierenden Rahmen und ein Röntgengerät mit Laufband. Dort warteten auch zwei Justizvollzugsbeamte auf mich. Mir wurden einige Fragen gestellt, die ich im Automatismus beantwortete, ehe ich mich komplett ausziehen und begutachten lassen musste.

Daraufhin gab man mir Anstaltskleidung inklusive Unterhose, die bereits von etlichen Männern zuvor getragen worden sein musste. Es folgte ein Foto für meine Akte, sowie ein weiteres Gespräch, in welchem es wohl um das Sammeln von Unterschriften zwecks rechtlicher Absicherung ging, bevor ich mich im Trakt D-West, in einem kleinen Raum mit von außen verriegelter Tür wiederfand.

Es verging einige Zeit. Es gab keine Uhr oder Ähnliches, also schwer zu sagen, ob es nun Minuten oder Stunden waren, ... Körper und Geist fanden aber allmählich wieder zueinander.

Eine erste Reflektion der Situation!

Du bist hier eingesperrt und es gibt keinen Weg hinaus! Gefolgt von einem inneren Unwohlsein.
Der Raum, die Zelle erscheint noch kleiner als sie ohnehin schon sind. Das ist also nun dein Zuhause!

Schlaf-, Wohnzimmer und Toilette auf knapp acht Quadratmetern. Eine dicke Stahltür auf der einen und ein vergittertes altes Fenster zur anderen Seite. Simples Mobiliar und eine Edelstahlkombination aus Waschbecken und WC, ohne Toilettensitz oder festen Deckel. Ein dezenter Duft nach altem Urin schwingt in der Luft. Die Wände, die einst weiß gewesen sind, mittlerweile total vergilbt von nikotinhaltigem Rauch, sind verschmiert, teils mit Texten vollgekritzelt, teils undefinierbar.

Die Isolation zur Außenwelt wird in jedem von Einsamkeit geprägten Augenblick klarer. Die Menschen die ich nun am liebsten bei mir gehabt hätte, schießen mir durch den Kopf. Was muss meine Familie denken, meine Mutter, meine Schwestern, was ist mit meiner Freundin? Noch weiß sie von gar nichts. Ich hatte auch keine Chance sie anzurufen. Sorgen machen sich breit. Was muss sie gerade denken? Wahrscheinlich wird sie mir schreiben und sich wundern, weshalb ich nicht online bin. Sie wird sich Sorgen machen und denken mir sei etwas zugestoßen.

Was kann ich tun? Die niederschmetternde Erkenntnis war, ... GAR NICHTS!

Lediglich auf eine Gelegenheit warten. Ein Seelenzerfressender Cocktail aus Einsamkeit und Schuldgefühlen. Ich musste mich bemühen meine Atmung ruhig zu halten um nicht in eine Panikattacke oder einen Trauerschwall zu verfallen. Mein Herz sprang wie eine kaputte CD. Hin und wieder lief es normal, dann hüpfte es wieder synkopisch, von mehreren Aussetzern unterbrochen, in meiner Brust auf und ab.

Ist es das, was mich die nächsten drei Jahre lang, Tag für Tag erwarten wird? Ein Blick durch das vergitterte Fenster am Ende meiner Zelle ist mittlerweile ein vertrauter Anblick, wenn auch aus einer sehr ungewohnten Perspektive. Die Sonne schien zwar, doch auf mich wirkte alles wie von einem grauen Schleier umhüllt. Ein Filter, der sich nicht ausstellen lässt und die Aussicht auf meine Heimat vernebelt.

Es erscheint alles geradezu surreal! Das einstige Privileg des Menschseins, zerbröselt durch diesen massiven, schier unüberwindbaren Käfig aus Stahl und Beton, Zäunen und Stacheldraht.

Das erste Mal im Gefängnis

Es war einmal: Nein Spaß, vor gut zwei Jahren am 18.5.2017 ging mir echt die Düse. Ich habe draußen in Freiheit eine Menge Scheiße gebaut! Brandstiftung, Einbrüche in Kiosken, Diebstähle, Graffitis an Wänden und die Bullen, also Polizei, verabscheut. Wie damals bis heute.

Dann wurde ich verhaftet, wurde verarscht und belogen. Damals von den Bullen. Deshalb kam es zur Verhaftung vor zwei Jahren. Dann ging es ratzfatz: ich musste die erste Nacht am Waterloo in der Arrestzelle bleiben. Am nächsten Tag ging's zum Haftrichter. Ich wusste nicht wie mir geschieht, hatte mich mit einem Zellengenossen gut verstanden.
Er sagte mir, ich soll ein paar Tränen fließen lassen damit der Haftrichter deine Reue sieht und dich vielleicht frei lässt. Ich tat es nicht, bin keine Heulsuse und kann nicht auf Kommando weinen.

Wo ich dann dran war, ging es ziemlich schnell! Der Haftrichter hatte meine Akte durchgeschaut, staunte und sagte mir, mit über 130 Straftaten, dass sie noch nicht einmal im Gefängnis waren ist schon eine Leistung. Naja, er hat mich dann in U-Haft geschickt!

Als ich dann in die JVA in der Schulenburger Landstraße kam, ging der Horror erst richtig los: 23 Stunden Einschluss, 1 Stunde davon gab's eine Freistunde im Hof, der natürlich umzäunt ist. Sonst nur in der Zelle.

Ich war in dem einem Haus knapp zweieinhalb Monate, dann habe ich das Haus wechseln können. Das andere Haus war das Luxushaus, wenn du eine Einzelzelle hattest, hattest du einen Fernseher, Wasserkocher oder Radio. In der Doppelhütte hattest du dann nur einen Wasserkocher, vielleicht einen Fernseher. Die anderen Häftlinge, die mit dir im Haus sind, checken dich erst mal ab, und reden mit dir. Aber ich hatte damals keinen Bock mit irgendjemanden zu reden.

Dann sollte ich sagen warum ich hier bin, ich hatte gesagt das geht euch einen Scheiß an, das sollte ich lieber nicht zu denen sagen, aber da war's schon zu spät.

Man hatte, wie im anderen Haus, keine 23 Stunden Einschluss, sondern die ganze Zeit war die Zelle auf. Ich konnte mit anderen Häftlingen, wenn ich dazu Lust hatte, quatschen, Tischfußball oder Tischtennis spielen. Die meiste Zeit war ich aber auf Zelle. Manchmal war mir aber auch danach eingeschlossen zu werden, hatte keinen Nerv auf die anderen Häftlinge. Die meisten sind Ausländer, was ich nicht verstand, ...ein deutscher Knast und nur wenig Deutsche?

Und dann kam der Tag, oder die Freistunde wo ich mich beweisen musste vor den ganzen anderen Häftlingen. Ich wurde wahrscheinlich absichtlich in eine Schlägerei verwickelt, habe nur drei Schläge ausgeteilt, da lag er schon auf dem Boden und rührte sich nicht mehr. Ich habe auf die Schläfe gezielt, die Beamten liefen zu mir hin und nahmen mich in Gewahrsam, ... ich musste zurück in die Zelle. Der am Boden lag, kam auch schon wieder zu Bewusstsein. Aber er sollte zum Arzt. Am nächsten Tag hatte ich die Befürchtung, dass die Rache kommt, von irgendeinem, aber es war nicht so.

Manche sagen, mit mir sei nicht gut Kirschen essen, sie lassen mich die ganzen sechs Monate und eine Woche wo ich in U-Haft war in Ruhe. Dann war es soweit, ich musste zum Gericht. Erst war ich am Amtsgericht, dann wechselte ich zum Landgericht. Was ich damals nicht verstand, warum die Gerichte wechseln.

Ich hatte damals einen richtig guten Anwalt, der mir dann sagte, dieser Wechsel der Gerichte, hat mit der Polizei aus Garbsen zu tun, die ich als ACAB bezichtigt oder beleidigt hab. Die haben es wahrscheinlich so hingedreht, dass ich eine höhere Strafe kriegen soll. Beim Amtsgericht bekommt man bis zwei Jahren, nicht mehr. Beim Landgericht ab zwei Jahre aufwärts. Naja, ich hatte dann drei Jahre und acht Monate gekriegt, … „so eine Scheiße" hatte ich gedacht, das erste Mal im Knast und so ein Brett habe ich bekommen.

Dann fuhr ich mit Handschellen wieder in die JVA. War dann kein U-Häftling mehr, sondern ein Sträfling. Ich bin dann fast in allen Häusern gewesen.

Es gibt hier Häuser und Blöcke, also Häuser von 1-8 und Blöcke von A bis C. Ich bin fest in einem Haus und war in der Küche arbeiten, habe gewechselt und bin seit kurzem Verwaltungsreiniger. Ich habe ein paar Dinge übersprungen, die ich später noch schreiben werde, aber so geht es weiter ->

Hier im Gefängnis gibt es auch sehr viele Engel. In meinem Sinne wären es die Psychologin, eine Psychiaterin, eine Sozialarbeiterin, eine Stationsbeamtin und zu guter Letzt zwei Menschen, die Häftlingen wie mir draußen helfen einen Job zu finden und bei Ämtergängen begleiten.

Ich bin nun knapp zwei Jahre hier und hoffe dieses Jahr noch auf meinen 2/3 Termin, also auf vorzeitige Entlassung. Hoffe natürlich, dass es klappt mit dem rauskommen, ... in Freiheit wieder leben, ist aber noch ein langer Weg.

Ich habe vor fünf Monaten meine Mutter verloren. Sie starb und ich konnte nicht bei ihr sein. Das war schon sehr heftig für mich ... bis heute. Ich wünsche keinem, besonders den Jugendlichen oder den heranwachsenden jungen Männern, so ein Erlebnis. Baut draußen in Freiheit keine Straftaten und kommt nicht ins Gefängnis!

Damals als ich ein Jugendlicher war, wurde immer gesagt, wenn du im Gefängnis warst bist du cool, der Größte... aber es ist nicht so! Es ist eine Schande, hätte ich die Chance die Zeit zurück zu drehen, würde ich sie da hindrehen, wo ich noch keine Straftaten begangen habe!!!

Wenn man Lust hat, kann man auch arbeiten im Knast. In Betrieben oder wie ich 10 1/2 Monate in der Küche. In der Küche ist es ein Vertrauensjob, man hantiert ja mit Messern und so!

Dort bekommt man dann einen Tageslohn. Im Monat hast du dann Summe X verdient, aber die rechnen das dann so: sie teilen es durch sieben und dann mal drei. Was übrig bleibt geht auf dein Hausgeld. Davon kannst du dann beim Lieferanten einkaufen. Aber nur, wenn du Hausgeld hast, wenn nicht, hast du Pech.

Du hast im Monat auch Taschengeld. Nicht viel, ist ein Witz. Ich weiß, aber besser als nichts. Hier ist alles sehr teuer, die Lebensmittel, Getränke, Hygiene Artikel und so weiter. Dann gibt es noch ein Ü-Geld Konto, ein Überbrückungsgeld Konto. Das kriegst du dann, wenn es bis zum letzten Cent aufgefüllt ist, bei der Entlassung bar auf die Hand. Manche gehen in den Puff/Bordell damit, kaufen sich Drogen davon oder wie ich, nutzen es als Startkapital um Wohnungsmobiliar wie Couch, Waschmaschine und so weiter zu kaufen. So, das ist nun die Übersicht was im Gefängnis zu tun ist, wenn man hierherkommt!

Sitze gerade bei Musik an einem Samstag, also Wochenende, in meiner Zelle und die Zeit steht still. Im Knast siehst du jeden Tag dasselbe. Aber ich habe ja auch 2-3 Freunde gefunden und werde auch draußen mit ihnen Kontakt haben!

So das war's erst mal von mir, … wie geschrieben bleibt sauber draußen!

Absturz

Bei meiner ersten Geschichte die ich schrieb, ist vieles nicht genannt worden. Warum und weshalb ich die Straftaten begangen hab.

Manche machen es um Aufmerksamkeit zu bekommen, andere steigern sich rein, um auf eine Liste zu kommen, ... wer öfter in der lokalen Zeitung zu lesen ist, was vorgefallen ist und wie hoch sich der Sachschaden beläuft. Bei mir war's die Nummer zwei! Ich war fast jede Woche in der Zeitung, Das war für mich faszinierend. Aber wie jeden anderen hat es mich dann auch erwischt und es kam raus, dass ICH für die Taten verantwortlich war. Brandstiftung, Einbruch, Sachbeschädigung und Hehlerei.

Wie ich ja im ersten Teil schrieb, hatte ich es nicht ganz verstanden was das Rumgereiche mit mir zu tun hatte. Eigentlich war ich beim Amtsgericht, nun wurde ich zum Landgericht überstellt. Mein Anwalt sagte mir, dass hat mit der Polizei zu tun, die wollen das die Strafe höher als zwei Jahre ausfällt.

Beim Amtsgericht verurteilen sie nur bis zu zwei Jahren, nicht mehr. Naja ich kriegte dann knapp vier Jahre beim Landgericht, ... so ein Mist dachte ich dann! Ich hatte aber auch trotzdem sehr viel Glück, dass mein perfekter Anwalt mich aus den 63 rausgehauen hat, sonst wäre ich jetzt bis 25 Jahre in der Psychiatrie untergebracht, da wäre ich als Wrack rausgekommen!

Dann, als ich die Strafe angetreten habe, wurde ich informiert, dass ich nach Lingen Damaschke hinsoll. Raus aus meinem

Bekanntenkreis welchen ich im Knast aufgebaut hatte und in den Knast Bus. Eine winzige zwei Mann Zelle musste ich auf der Fahrt mit einem Polen, der kein Deutsch konnte, teilen. gerochen hat der übrigens auch nach Knoblauch, … „na toll" dachte ich mir und wollte eine Zigarette anmachen um einen anderen Duft zu haben. Aber mir ist es untersagt worden im Bus zu rauchen. Aber ich bin Häftling, ich hab mich darüber hinweggesetzt, was er sagte und habe trotzdem geraucht! Im Nachhinein hatte ich ein schlechtes Gewissen aber es ist halt passiert, Knoblauch hatte ich aber nicht mehr in der Nase!

Von Hannover bis nach Lingen Damaschke hat es zweieinhalb Stunden gedauert, was für meine langen Beine in einer winzigen Zelle richtig unangenehm war. Keine Streckmöglichkeiten und Krämpfe daher vorprogrammiert. Als wir endlich da waren, war für mich alles neu und ich kannte niemanden, … wie auch, so weit weg von zu Hause. Ich wurde aber von den anderen Häftlingen, jüngeren und älteren, freundlich empfangen.

Es war eine geschlossene Abteilung in Lingen, und man musste sich erst beweisen um rüber in den offenen Vollzug zu kommen. Ich war genau sieben Tage da und hatte keine Chance in den offenen zu kommen. Warum fragte ich sie, sie sagten die Strafe, die ich bekommen hab sind knapp vier Jahre und somit zu hoch um hier zu bleiben. Ich dachte mir, das steht doch in der Akte drin! Ich hab bis heute nicht verstanden, warum ich von Hannover nach Lingen sollte, wenn ich eh keine Chance kriege, … das wissen nur die Oberchefs warum ich dorthin musste! Also dann fuhr ich wieder von Lingen nach Hannover in mein bekanntes Umfeld. Was mich freute und ich war ehrlich gesagt froh wieder hier zu sein, auf dem Knastgelände von Hannover an der Schulenburger!

Ich wurde dann einem Haus zugeteilt, wo ich bis heute noch lebe. Es lief/läuft ganz gut. Ich war in der Küche eingeteilt, ein Vertrauensjob, man hat ja mit scharfen Messern und so zu tun. Dort war ich aber nur zehneinhalb Monate und bin dann zu den Verwaltungsreinigern gewechselt. Hier bin ich fast mein eigener Chef in der Verwaltung, kann bestimmen wann ich mit der Arbeit beginne und was zu machen ist und was nicht. Mein Chef hat mir den Platz zugesprochen und wir verstehen uns ganz gut, vorher halt nicht so, aber nun läuft es und ich bin mit Spaß und Freude bei der Sache!

Man verdient auch ein bisschen Hausgeld, nicht viel, aber es muss reichen um über die Runden zu kommen. Ich bin Raucher und es reicht manchmal überhaupt nicht. Aber was soll ich sagen, ich hab halt draußen sehr viel Mist gebaut und bin ins Gefängnis gekommen. Natürlich hat man in Freiheit mehr Geld zur Verfügung und kann sich mehr leisten. Aber ich beschwere mich nicht, ich hab hier ein Dach über dem Kopf und bezahle nichts dafür.

Das Essen was man hier drei Mal am Tag bekommt, bezahlt man zur Hälfte. Brot, Käse, Wurst, Tee und so weiter. Am Wochenende kriegt man auch mal zwei Brötchen, Marmelade und Eier. Den Strom bezahlt man pro Gerät, ... wie ich den Fernseher für einen Euro im Monat. Draußen ist es viel höher, das weiß ich auch. Wasser bezahlt man hier auch nicht.

Ich bin sehr froh, dass es hier bald vorbei ist und ich komme definitiv nicht noch mal her, es hat mir gereicht, dass Eingesperrt sein ist echt zum kotzen! Andere sind lebenslänglich hier, da ist die Seele schon sehr angefressen oder im Eimer.

Ich hatte hier auch einen Bruder, er ist nicht mein richtiger Bruder, aber er hatte dafür gesorgt, dass ich hier eine ruhige Zeit hatte. Wir verstanden uns von Anfang an gut, ... seit der U-Haft. Er gehört zu den 81ern, ich wusste was die Zahl bedeutet, andere wissen das nicht. Die 8 steht im Alphabet für das H und die 1 für A. Zusammen HA = Hells Angels!

Immer wenn ich mit anderen Häftlingen aneinandergeraten bin, hat er mir geholfen. In der Zeit die ich hier mit ihm verbracht habe, sind wir Freunde geworden und geblieben. Wir schreiben uns wöchentlich. Er sitzt in Wietze. Er wurde dorthin verlegt, aber demnächst würde er entlassen werden. Er sitzt wegen schwerer Körperverletzung und anderen Delikten. Er fragte mich ob ich zu ihm ziehe, wenn ich entlassen werde, aber mal sehen ob's klappt!?

Ich hab Vollzugslockerungen. Man bekommt sie nur, wenn man ein ruhiger Zeitgenosse ist, nett und freundlich ist, sich nichts zu Schulden kommen lässt und vernünftige Arbeit macht. Drei Mal im Monat darf ich raus aus dem Knast, muss aber zu der angegebenen Zeit wieder unbedingt hier sein und ich weiß noch nicht ob mit oder ohne Beamte.

Es ist nicht selbstverständlich, dass man im Gefängnis Lockerungen bekommt. Die kriegt man nur, wenn man keine Drogen nimmt oder Alkohol trinkt. Bei mir ist es leider eingetreten, dass ich Drogen (Spice) konsumiert habe. Aber letztes Jahr ist meine Mutter verstorben! Das war eine harte Zeit für mich und ich griff zu den Drogen. Es ist keine Lösung das zu nehmen, aber in der Nacht hat man niemanden zum Reden, … ich hab die meiste Zeit geweint und wollte bei ihr sein. Nun hab ich die Lockerung bekommen und nehme nichts mehr, denn man muss auch Urinkontrollen machen, wenn sie dreckig ist, die UK, fällt alles weg, dann hast du nichts mehr und musst bis zu deiner Endstrafe hierbleiben. Das ist bei mir bis Ende 2020! Das will ich ja natürlich nicht, … aber wer will das schon!

Gedichte, Gedanken, Wortspiele

Der Mann

Der Mann von Heut, der vor Schmerzen schreit,
nicht der Körper, der dem Mann Schmerzen macht,
sondern das Leid der Welt, was ihn schreien lässt.

Was mich bewegt

Wenn ich rausgehe, möchte ich arbeiten, Wohnung, mit meiner
Familie zusammen sein, wieder meine Tochter sehen.

Onkel Amo aus Beirut

Es ist noch längst nicht der Tod, nur die Kälte der Gitterstäbe
und ein paar Metalltüren. Mach weiter glaub und das was du
glaubst wird dich mit Liebe, Ehre, Freude und Stolz
hinausführen. Der Wind weht und das Licht flackert. Ich spüre
das Leben in Freiheit. Es ist Zeit. Ich habe mich genug
abgerackert. Mach es gut und hab Mut.

Was uns zu Tauchern macht!

Das Dasein ist ein seltsames Spiel, es gibt wenig doch verlangt
so viel.

Da fragt sich der dröge Michel oft im Halbschlaf nach dem Sinn, welcher Fürst denn wirklich anbetungswürdig sei!

Denn er weiß sofort, nicht jedes Zugeständnis macht ihn frei.

Das spürt er wie der Köter das Feuer.

Der Kettenmann denkt da primitiv: Und willst du nicht gewogen sein, so schlag ich die dir Birne ein."

Dem Freimann, dem alten Gefährten von Mo-Onkel Sensenmann sollt man weder hintergehen noch bestechen.

Darum lass Dir eins sagen, abgestraft wird jedes morthodoxe Betragen.

Wenn der Lebensentwurf mutiert zu reiner Makulatur, hilft keine Psychokur oder Wäsche des Brägen.

Das hat keinen Sinn, denn diese Wurst hat immer zwei Enden, wie der Januskopf der Unterwelt.

Mensch willst du als Normalo leben, musste nach dem Zweilicht streben.

Ob stranguliert oder feuchtem Dreck beschmissen, letztlich zählt nur dein persönliches Gewissen.

Auf den Rest der Welt von Bari getrost geschissen, euer Ehren.

Eine Hure der Justiz mit rostig Schwert.

Human ist, willste ewig leben, stets nach Selbstbestimmtheit streben.

Lass keinen an dich ran, der blind ficken will, gratis was er kann. Tauche tief in das Leben, meide den bloßen Schein, der kann dein Untergang sein.

<u>Sprüche</u>

Bescheidenheit ist ein Schatz, was nie vergeht.

Wer andere beobachtet, versinkt in Sorgen.

Wenn man das Ziel nicht kennt, ist kein Weg der Richtige.

Viele Köche verderben den Brei.

Viele Hände, schnelles Ende.

Alle Wege führen nach Rom.

Die letzten werden die ersten sein.

Lieber schlecht gefahren, als gut gelaufen.

Ein Lachen am Morgen vertreibt Kummer und Sorgen.

Kindermund tut Wahrheit kund.

Wenn alle mogeln, geht es relativ fair zu.

Wissen ist Macht, nichts wissen, macht auch nix.

Traue niemals den Ehrlichen, denn sie können irgendwann unehrlich werden. Wobei die Unehrlichen immer unehrlich bleiben.

Der Mensch wird dem Menschen immer ein Wolf bleiben.

Auf eine Aktion folgt immer eine Reaktion.

Reden ist Silber, Schweigen ist Gold.

Morgenstunde hat Gold im Munde. Und Gold im Mund ist ungesund.

Ein gesunder Geist in einem gesunden Körper.

Träume nicht dein Leben, leben deinen Traum.

Folge stets deinem Weg, er wird steinig sein und du wirst so manche Gabelung sehen, am Ende wirst du aber immer am Ziel ankommen.

Nicht denken ist Macht, sondern Wissen ist Macht.

Ich wünsche jedem, das drei fache, von dem was er mir wünscht.

Labern kann jeder. Reden ist aber die Kunst.

Die Kunst ist es unter den ganzen Schauspielern auf der Welt real zu bleiben.

Einschluss

Und wieder wird mir klar, dass ich nicht zu Hause bin. In dem Moment wo die Tür hinter dir ins Schloss fällt und du nur durch ein gesiebtes Fenster, nicht mal über die Mauer schauen kannst, wird dir bewusst, vielleicht einen Fehler gemacht zu haben!

Ich wurde zu acht Jahren verurteilt, weil ich einen konkurrierenden Drogendealer auf das übelste zugerichtet habe. Damals in der U-Haft haben mein Anwalt und ich mit noch viel mehr Strafe gerechnet.

Ich brauchte drei Tage um zu realisieren, was ich getan habe und wo ich jetzt bin. Die Hoffnung in Kürze wieder freigelassen zu werden, nahm mir mein Anwalt gleich beim ersten Besuch. Haftkürzung oder sogar Bewährung nach der Verhandlung waren keine Option und somit aussichtslos.

Es ging dann sehr schnell, dass ich mich auf ein langes Leben in Haft eingestellt habe.
Meine ersten Worte zu meiner Mutter waren „jetzt komme ich nicht mehr raus". Ich dachte sie stecken mich ins tiefste Loch mit den übelsten Schwerverbrechern, die nichts mehr zu verlieren haben.

Nach knapp einem Jahr Untersuchungshaft, in der höchsten Sicherheitsstufe, als mein Urteil rechtskräftig war, verlegte man mich in die Strafhaft, dann wegen Platzmangel auf eigenen Wunsch in die JVA Hannover. Das „dunkle Loch" gab es so mit Handkuss, denn hier kannst du zugucken wie sich Löcher selbst einen Weg durch die Wände schaffen. Andere Haftanstalten sehen dagegen aus wie Krankenhäuser, was auch nicht so schön ist. Doch jeder Knast hat seine Vor- und Nachteile, so auch Hannover.

Zu Begrüßung gab es eine Dose Fisch in Tomatensoße und die Frage, ob ich irgendwelche Medikamente bekäme. Ich bedanke mich für den Fisch und hoffte, dass ich nach dem Verzehr immer noch keine Medis bräuchte. Mir grummelte am ersten Tag zwar der Magen, doch das kam wohl von der angestauten Luft, die das Toastbrot verursachte.

Morgen ...! 06:00 Uhr Lebenskontrolle und Beginn eines neuen Tages. Jetzt haben wir knapp 30 Minuten um Morgen-Medis zu holen oder Post abzugeben. Wer zum Sport oder anderen Veranstaltungen möchte, muss das morgens melden.

06:30 Uhr ausrücken zur Arbeit. Die ersten paar Tage hatte ich aber keine Arbeit und musste auf der Strafhaft „Aufnahme" in Haus drei verbringen. Doch ich war schon für die Küche eingeteilt und wartete nur auf die Sicherheitsfreigabe.

Ich verbrachte meine Zeit viel mit Lesen oder Puzzeln, die man sich von der Kirche holen konnte. Da ich weder Radio noch TV Gerät hatte, waren die Tage sehr trostlos.

Nach etwa einer Woche auf der „Aufnahme", kam die Freigabe für die Küche und ich zog um ins Haus eins. Ein Unterschied wie Tag und Nacht. Es stank nicht mehr nach Dreck und es gab warmes Wasser auf den Zellen. Durch meinen Chef, den ich mit meiner Arbeitsleistung nach kurzer Zeit schon beeindrucken konnte, bekam ich sogar ein TV Leihgerät. Zu meinen Gunsten beförderte er mich sogar zum Koch, da er merkte, dass ich gerne koche und Spaß daran habe. Doch es hatte auch seine Nachteile, dass ich so schnell „aufstieg", und an vielen Häftlingen vorbeizog, obwohl diese schon viel länger dabei waren.

So brodelte es auch in der Gerüchteküche.

Ich fand viele Kontakte (Freunde findet man in der Haft selten) und doppelt so viele „Feinde/Neider", mit denen ich jetzt klarkommen musste!

Gezwungenermaßen kann man sich in „Haft" nicht immer aussuchen mit wem du gerade klarkommen musst. Doch jeder Mensch hat nach meiner eigenen Meinung eine Chance verdient, fernab von seiner Tat und Geschichte.

Nur bei Sexualstraftätern gibt es keine Chance. Das ist aber jedem selbst überlassen. Ich kann mich mit so einer Tat nicht auseinandersetzen, deshalb sind solche Menschen ein Tabu für mich.

Genauso sogenannte „31iger" oder „V-Männer" sind ein Tabu. Die sind meist sogar noch schlimmer als „Ficker" so wie wir sie nennen. Ein Insasse, der Information über andere an Beamte gibt, hat meistens selbst etwas zu verheimlichen und will sich somit nur einen Vorteil für seine eigenen Untaten verschaffen!

Durch solche „Anscheißer" sitzen 85 % aller inhaftierten auf dem ganzen Planeten. Man kann und sollte sich soweit ändern, dass man nicht wiederkommt. Doch dafür andere ans Messer zu liefern ist falsch! Denn solange du Informationen über andere hast, änderst du dich nicht, sondern erwartest eine Chance selbst mitzumachen!

Auf der anderen Seite gibt es Beamte, die ihren Eid für Information brechen, ihre „Machtposition" ausnutzen und ein Spiel mit Häftlingen treiben, oder sogar die Seite wechseln und selbst zu Verbrechern werden. Das ist sehr selten und meistens immer eine Frage des Verdienstes.

Ich verurteile keinen Beamten, wenn er seinen Job macht und die Tür von mir schließt. Auch wenn man sich andere Arbeit hätte suchen können. Doch wenn sie meinen sich über jeden zu stellen und Häftlinge wie Tiere zu behandeln, geht es zu weit und kann häufig zu neuen Straftaten führen.

Ich bin selbst zweimal in meiner gesamten Zeit kurz davor gewesen, dem Beamten vor mir zu zeigen wo er wirklich steht. Doch zu meinem Glück konnte ich mit Worten alles erreichen und ihn in seine Schranken weisen.

Ich habe sehr viele verschiedene Charaktere getroffen und die meisten erzählen dir das Blaue vom Himmel. Stellen sich höher als sie je waren und verlaufen sich in ihren eigenen Lügen.
Nur sehr wenige bleiben „real" oder konzentrieren sich auf die Zukunft, und nicht darauf was oder wer sie gestern waren.

Ich war nicht immer ein Vorzeigeeinsasse und habe mir die Regeln gebogen wie ich wollte.
Habe bestimmt auch schon einige Geschichten ein wenig verändert, doch nur, um nicht jedes Detail zu erzählen. Daran

bissen sich auch viele Psychologen die Zähne aus, weil ich die Wahrheit immer „pur" auf den Tisch knallte.

Was bringen dir Geschichten von „ich hatte", „ich war", wenn du nicht einen hast, der dich besucht, dein Telio auflädt, oder mal ein Paket schickt. Und selbst wenn man „hatte" und „wer war", verlassen und vergessen dich meist 95 %, ... denn aus den Augen, aus dem Sinn.

Ich bin oft traurig, so viel verloren zu haben und so viele Menschen mit meinen Taten weh getan zu haben. Doch wenn ich manchmal Insassen sehe, die an dem Kampf, ihre Lieben zu halten zerbrechen, bin ich fast froh allein zu sein.

Keiner der sich Sorgen macht, und noch viel wichtiger, keiner um den ich mir Sorgen machen muss. Keine Frau und Kinder, die ich jede Woche nach einer Stunde Besuch unter zurückgehaltenen Tränen wieder nach Hause schicken muss.

Selbst wenn mich die Einsamkeit und der Freiheitsdrang oft im Einschluss einholt, bin ich froh darüber, alleine damit klar kommen zu müssen!

Ich habe jetzt knapp acht Jahre meines Lebens in Haft verbracht. Drei Jahre und drei Monate davon in der größten Jugendhaftanstalt Deutschlands, der JA Hameln.

Die Jugendhaft ist die schwierigste Haft, da jeder der Größte und Beste sein will, wo sich Insassen mit ihren Taten messen, und jeder der übelste Gangster von allen ist. Doch es gab damals

noch einen Häftlingskodex. Taten zählen mehr als Worte und Geschichten, das hier und jetzt interessierte.
Umso größer man sich aufspielte, umso tiefer ist man gefallen.

Ich habe damals einen Insassen kennengelernt, wo jeder dachte das er mit seinem Alter gelogen hat und versehentlich in Jugendhaft gelandet ist. Ein Riesenkerl von 2 × 2 Meter, mit einer Ausstrahlung die vielen Insassen fürchten ließ, ihn überhaupt anzusprechen.

Ich dachte, was wollen die machen, wenn der mal durchdreht? Und dann, … rief er auf dem Handy seiner Freundin an, wo sich der neue von ihr meldete um die Situation zu erklären.

Zum ersten Mal sah ich, was dieser Riese für eine Kraft hat, als er den Telio-Apparat von der Wand riss, um eine Dose daraus zu fertigen. Es brauchte über 20 Beamte, um in wieder ruhig zu stellen. Obwohl er mit Selbstmord drohte, glaubte ihm keiner! Leider machte er seine Drohung wahr und erhängte sich an seiner Toilettentür. Am Tag darauf, konnte jeder zu Seelsorge, wer sie benötigte! Ich brauchte sie nicht, ich kam erstaunlicherweise gut damit klar, obwohl ich es nicht verstand! Ein Mann wie ein Baum, wird von einer einzigen Nachricht gefällt.

Ich habe schon viele Männer weinen gesehen, ich selbst konnte meine Tränen nicht zurückhalten, wenn von draußen irgendwelche schlechten Nachrichten kamen. Denn wenn einem die Hände gebunden sind und man nicht helfend für die „draußen" da sein kann, steht man oft vor der Verzweiflung.

Durch diese Erfahrung habe ich gelernt, dass es Dinge gibt, gegen die ich machtlos bin und sie nehmen muss wie sie kommen. Das hat mich zwar viele Kontakte gekostet, doch ich hatte eine sorgenlose Zeit in der Haft.

Es gibt sehr viele traurige Geschichten in „Haft" und oft ist es leider schon zu spät zu helfen. Doch da die heutige Haft einer Therapie gleicht, versucht man es wenigstens bei jedem der sich darauf einlässt.

Es klingt zwar komisch, doch vielen hat die Haft auch ihr Leben gerettet. Damit meine ich nicht nur den Obdachlosen, der jeden ersten Wintermonat für ein gemütliches Bett und eine warme Mahlzeit kommt. Nein, ich meine auch Menschen wie mich, die durch die Haft gerettet wurden, bevor sie noch größere Fehler machen konnten.

Knast ist eine seltsame Welt und nicht wirklich so wie es irgendwelche Dokus oder Reportagen zeigen. Es gibt viele Seiten die man verstehen muss um zu kapieren wie es hier läuft. Doch meistens wird Knast nur von einer Seite gezeigt. Denn auch wenn man alles hat und es für einen Insassen gut läuft, ist hier keiner von uns zufrieden oder gerade glücklich. Nach mehreren Jahren, oder sogar einem Jahrzehnt, wird es immer schwieriger, da man sich an die „Scheiße" hier gewöhnt hat, und man dann angst bekommt entlassen zu werden.

Deshalb beende ich diese Geschichte mit den Worten: „Gib dich nicht auf, lass alles hinter dir und fang noch mal von vorne an! Das Leben ist zu kurz um auf einer Stelle stehen zu bleiben".

Was mir im Knast am meisten fehlt!

Die Freiheit zu entscheiden, wann ich meine Tür schließe.

Freiheit! (Selbstbestimmung)

Die Freiheit einfach mal in einen Supermarkt zu gehen und mir das auszusuchen, was ich will!

Mit Freunden im Sommer zu grillen

Die Freiheit rauszugehen, wann ich will!

Abends nach Hause zu kommen und
sich auf das Sofa fallen zu lassen!

An einem See sitzen und
die Füße in das Wasser zu halten.

Familie!

Die kleinen Dinge des
Lebens

Geborgenheit!

Was vermisse ich im Knast am meisten?

Die Frage greift recht kurz, wieder einmal fällt die hohe Distanz zwischen dem Volke und den aktuellen Insassen der Justizvollzugsanstalten auf. Ich kann diese Frage aus eigenem Erleben jedoch nur teilweise beantworten, da ich nur Erstverbüßer unter der Schallgrenze von fünf Jahren Liegedauer bin.

Als Gefangener zähle ich gar nichts unter den Berufsverbrechern, die hier in der Hauptanstalt den Ton angeben. Man merkt das nur allzu deutlich, da die Hackordnung unter den „Tattoo-Ladies" offen ausgetragen wird. Ich leite das mal ganz simpel ab: Je bunter und geiler mein Lebenswandel jenseits der grauen Betonmauern vor der Verhaftung war, desto tiefer kann der Liegevollzügler auf den harten Boden der Zellenkultur aufditschen.

Mir persönlich fehlt vor allem das Spontane, im Alltag einfach mal zum Kiosk gehen, eine Tüte Lakritz kaufen, die Flasche Bier zum Feierabend weglutschen. Der dröge Alltag ist wie ein ausgekautes Kaugummi; es glänzt und riecht noch nach bubble gum, doch taugt es nur noch um Dachhaut abzudichten. Und der nächste Einkauf bei der Monopol Klitsche liegt weit weg.

Weiterhin wird jegliche kreative Gestaltung der Wochenzeit systematisch abgewürgt. Diese Vorgabe kommt bedauerlicherweise von der Anstaltsleitung und dem Justizministerium. Der leicht abwertende Begriff:

„Sonderpädagogik-Kindergarten" oder „knastschwule Jugendherberge" weisen auf weitere Probleme dieser gesellschaftlichen Abstellkammer hin.

Hier in der Ballerburg an der Schulenburger Gewerbezone werden keine echten Lösungen erarbeitet, sondern die Summe von Mängeln wird schlicht billigst im Gitter Archiv der Landeshauptstadt verwaltet.

Weiter fehlen mir recht häufig in der Woche meine Familie und die Tiere, für die ich vorher verantwortlich war. Das wäre für mich als provenzalisches Landei als normal anzusehen.

Ich möchte aus gegebenem Anlass mit weit verbreitetem Irrtum Schluss machen: die gestreute Behauptung seitens unerfahrener Bedenkenträger, dass das Instrument der Haft den bereits mehrfach verurteilten Gewohnheitstäter in irgendeiner Form abschreckt und sicher in Systemkonformes Wohlverhalten zurückführt.

Das ist ein dummdreistes Ammenmärchen unter Stammtisch-Niveau. So besoffen kann eigentlich kein juristisch beleckter Realitätsheuchler sein, um damit Punkte in der B Note zu sammeln. Die Fallzahlen sprechen eine andere Sprache. Die Knäste sind gut belegt, neue Haftanstalten dringend benötigt, da Verweildauer der Knastologen pro Person anwächst.

Die multikulturell durchsetze Bevölkerung driftet immer mehr auseinander. Immer häufiger werden Randgruppen abgehängt und dadurch wird Verbrechen wieder als Gegenmodel attraktiv gemacht. „Machs sowie dein Bruder – geh doch in die Oberstadt-dann kannst du (dolce vita) leben wieder."

Ich kann als halbwegs im Dachstübchen belichteter Pritschengast nicht erwarten, das alle Neuverbüßer aus den Nachbarstaaten Polen, Türkei, Kosovo oder der südlicheren Erde sich dem deutschen Modell des drögen Michels und seinem scheinheiligen Fürsten anschließen: Unter Mindestlohn malochen gehen, als Sauerkraut fressendes Arschloch mit Kartoffel und Schweinefleisch-Glückseligkeit nach finalem Geburtstagsfick planmäßig mit 66 Jahren ins Gras beißen und von Vater Staat wie immer um das Ruhegeld für die Hinterbliebenen beschissen zu werden.

Da wird blitzartig die Zwischenfinanzierung durch Straftaten zum Superausweg. Sich 15 Minuten vor Angst in die Hose scheißen und doppelten Monatslohn einstreichen.

Fazit: Wenn immer mehr Menschen in Niedersachsen von der Teilhabe abgekoppelt werden, wächst der Druck der Straße bis zum detonierenden Knall. Hier im Knast Niedersachsen fehlt es an vielem, vor allem an Alternativen, die gangbar sind. Ende.

Ich vermisse im Knast am meisten ….

…. meine Familie, Freunde und Unabhängigkeit.

Die Freiheit!

Die Freiheit spontan etwas unternehmen zu können. Die Freiheit spontan etwas zu kochen. Spontan etwas trinken zu gehen. Spontan mal mit Freunden Fußball spielen zu können.

Spontan etwas einkaufen zu können. Anzuziehen was man will. Essen was und wann man will. Selbstständig sein zu können. Auto zu fahren.

Ich vermisse das Vertrauen und die Ehrlichkeit.

Was wäre, wenn …?

Als ich gehört habe, dass Inhaftierte ihre Geschichte aufschreiben können, bat ich darum ein paar Gedanken los zu werden.

Ich werde oft gefragt, was sind denn das für Menschen bei Euch? Was haben die denn verbrochen? Und irgendwie habe ich das Gefühl, dass automatisch alle Inhaftierten abgestempelt werden. Jeder da draußen denkt: „Ich doch nicht. Mich kriegen da keine zehn Pferde rein. Hab doch nichts verbrochen."

Was aber, wenn wir eine Entscheidung treffen, die uns links abbiegen lässt, statt gerade aus zu gehen?

Nehmen wir einen jungen Mann. Er ist 39 Jahre alt. Tatbestand: Schwere Körperverletzung Strafmaß: drei Jahre. Sie sagen: „Das hat er verdient. Schließlich hat ihn ein Richter dazu verurteilt."

Geben wir dem jungen Mann einen Namen: Paul. Er kommt aus einem sogenannten gutbürgerlichen Haushalt. Sein Vater ist Handwerker und seine Mutter ist Hausfrau. Die Mutter hat nie gearbeitet und ihr ganzes Leben auf ihren Mann ausgerichtet. Paul und sein Bruder waren für sie wie Puppen, die man schön anzieht und bei Bedarf mit ihnen spielt. Aber die beiden Geschwister sind dadurch noch viel enger aneinandergebunden und bedeuten einander sehr viel.

Die Schulzeit ist für Paul sehr einfach. Er schreibt hervorragende Noten und ist überall beliebt. Sein Bruder hingegen ist still, verträumt und leider sehr schlecht in der Schule. Aber Paul beschützt ihn und nimmt ihn überall mit hin. Manchmal verliebt er sich in einen seiner Freunde aber die interessieren sich nicht für ihn.

Die beiden Kinder werden älter und jeder geht seinen Weg. Paul wird schließlich Bänker in Italien. Als seine Frau ein Kind bekommen soll, kehrt er zurück nach Deutschland. Sein Bruder hat eine kleine Weltreise hinter sich. Doch auch er hat seinen Platz im Leben gefunden.

Was die Nachbarn nicht sehen wollten, sahen auch die Lehrer nicht: Blau unterlaufene Augen, gebrochene Arme, blaue Körperstellen. Pauls Vater war schwer gestört. Zwar ging er immer seiner Arbeit nach und das seit seinem elften Lebensjahr, aber zuhause musste alles nach seiner Pfeife gehen. Es wurde genau das gegessen, was er essen wollte. Die Mutter musste es auf seinen Teller geben, selbst wenn er vor der Schüssel saß. Hatte der Vater schlechte Laune, weil vielleicht einer seiner Kunden ihn nicht so behandelt hatte, wie er wollte, dann herrschte Schweigen zuhause. Den Satz: „Um des lieben Friedens willen" konnten Paul und sein Bruder auswendig. Schließlich hörten sie ihn fast jeden Tag von ihrer Mutter.

In der Schule erzählte Paul nie etwas von zuhause. Meistens spielte er den Clown, der immer gute Laune hatte. Erst als er sechzehn wurde, mit seinen Freunden Moped fuhr und die ersten Bierflaschen die Runde machten. Da wurde er manchmal laut und drohte „Ich hau ihn tot."

Was machte Paul so wütend? Er musste von klein auf mit ansehen, wie sein Vater seine Mutter, seinen Bruder und auch ihn schlug. Als er klein war, weinte er oft, weil er machtlos war. Wie sollte er sich gegen einen einmeterachtzig Mann wehren? Die Mutter, die tatenlos zu sah, wenn er auch die Kinder verprügelte und am nächsten Tag allen wieder die heile Welt vorgaukelte. Was muss ein kleiner Junge fühlen, der seine Mutter nicht beschützen kann? Der zusehen muss, wie sie weint und sich manchmal verzweifelt vor Schmerzen krümmt. Aber sie verlässt ihren Mann nicht. Die Kinder fragen sich oft warum sie so wenig Wert sind. Sollte die Mutter so lieben und den Vater einfach verlassen? Die Mutter erzählt den Kindern, dass sie sie über alles liebe. Den Vater verabscheue sie. Er würde die Mutter töten, wenn sie ihn verlassen würde. Die Kinder glauben ihr. Aber aus den Kindern werden Erwachsene.

Paul kehrt immer wieder in sein Elternhaus zurück. Er liebt seine Mutter sehr. Der Vater schlägt ihn nicht mehr, aber er weiß, dass er die Mutter immer noch schlägt. Sie könnte gehen. „Aber was sollen denn die Leute denken" sagt sie.

Es ist ein Sonntag. Paul besucht mal wieder seine Eltern. Um zwölf Uhr will er pünktlich zum Essen da sein. Mit seinem Motorrad biegt er viertel vor Zwölf auf dem Parkplatz vor dem Haus ein. Er sieht durch das Wohnzimmer Fenster, dass der Vater die Mutter schubst. Wütend klingelt er Sturm. Einen Schlüssel zur Haustür hatte der Vater ihm immer verweigert. Die Mutter öffnet ihm die Tür. Er eilt an ihr vorbei, will den Vater zur Rede stellen. Auf dem Küchentisch liegt das Messer, mit dem die Mutter den Braten schneiden will.

Paul überlegt nicht. Es ist die ganze Wut und Verzweiflung, die sich in den ganzen Jahren aufgestaut hat, die ihn jetzt antreibt. Er nimmt das Messer, sticht dem Vater in den Arm. Der heult auf vor Schmerzen. Die Mutter wirft sich auf Paul und bittet um Gnade für den Vater. Paul wird auf einmal hellwach und versteht, dass die Mutter immer den Vater bevorzugen würde. Er lässt das Messer fallen und weint. Dies Mal haben die Nachbarn die Polizei gerufen zum ersten Mal in den ganzen Jahren. Paul wird verhaftet. Er landet in der JVA für 1095 lange Tage. Der Vater verlässt das Krankenhaus nach zwei Tagen. Paul schreibt seiner Mutter jeden Tag, doch er bekommt nie eine Antwort. Der einzige Besuch den Paul bekommt ist sein kleiner Bruder.

Was wäre, wenn es so gewesen wäre?

Was wäre, wenn die Geschichte anders verliefe? Paul hätte nicht zum Messer gegriffen. Er hätte sich einfach nur auf sein Motorrad gesetzt: Stoff gegeben einfach die aufgestaute Wut vergessen.

Was wäre, wenn Nachbarn oder Lehrer früher reagiert hätten?

Was wäre, wenn die Mutter ihren Mann verlassen hätte?

Wir könnten die Fragen noch weiterspinnen, aber Sie möchten bestimmt wissen, wie es wirklich war.

Ja, es gab Paul wirklich und die Geschichte stimmt. Außer das Paul nie zu einem Messer griff. Paul schichtete den Streit und fuhr danach zu Freunden.

Eine Woche später feierte er mit seiner Frau und Bekannten zu Hause. Es wurde spät. Am nächsten Morgen fuhr er mit einem Freund Motorrad. Es war ein Sonntagmorgen. Die beiden erfahrenen Motorradfahrer fuhren auf einer leeren Straße. Der Tacho zeigte bei Pauls Freund gerade mal fünfzig Stunden Kilometer an, als er sah wie Paul gegen den einzigen Baum an dieser Straße prallte. Paul starb im Rettungshubschrauber. Er war gerade mal 39 Jahre alt.

Das ist fast zwanzig Jahre her und ich bin Pauls Bruder. Was wäre wenn?

Mein Wochenende im Knast

Am Sonnabend, den 21. September wurde ich um 06.03 Uhr geweckt. Es gab gegen 9.00 zwei Brötchen vom Hausarbeiter auf dem Gang. Ich frühstückte mit Aprikosenmarmelade, Margarine, Milchpulver, Zucker, Wasser und löslichem Kaffee. Ich habe seit langem wieder einmal komplett durchgeschlafen. Seit Wochen wird zwischen den Blöcken laut gequatscht, gependelt bis der Arzt kommt und wild herumgeschrien, weil die Nerven teils arg blank liegen. In den Zellen ist die Luft rasch verbraucht und darum stehen häufig die Fenster bei zugezogenen Vorhängen offen.

In Haft kann niemand Konflikten lange ausweichen. Darum eskalieren kleine Meinungsverschiedenheiten bedeutend rascher als draußen, jenseits der von Natodraht bewachten Mauern vermischten sich Delikte und Ethnien eher selten. Nur bei erheblichen Sachzwängen entstehen Allianzen auf Zeit mit hohem Reibungs-Faktor. Absolutes Fachwissen, Suchtdruck oder psychotische Präferenzen sind nachvollziehbare Merkmale.

Bin nach dem Frühstück eilig runter zum Büro um noch die Samstags-Ausgabe der HAZ nach Stellenanzeigen und Wohnungsangeboten zu durchforsten. Bei Wohnungen hatte ich drei Treffer, bei Stellen fast alles Essig. Da muss jeder noch rabiater kämpfen und schnell sein. Ein Trick um in die engere Auswahl zu kommen ist bewusster Verzicht und Besinnung auf das Wesentliche. Nur wenn ich absolut fokussiert bin kann ich mich gegenüber ernstzunehmenden Mitbewerbern durchsetzen. Weil viele Insassen depressive Schübe aufweisen ist es bedeutend schwerer sich anspruchsvollen Aufgaben in angemessener Weise zu widmen. Die informelle Kastration der Gefangenen behindert häufig eine zeitnahe Reaktion auf Reize von Draußen. Leergebuchte Konten, Mahnungs-Harakiri, mangelnde Empathie oder schlichtes Fehlen der einfachsten Zusammenhänge in Grenzsituationen schaffen eine unglückliche Ausgangsbasis. Haft ist vereinfacht eine klare Parallelgesellschaft, die sich ein reformresistentes Justiz-Vollzugs-System (selbst vorsätzlich) herangezüchtet hat. Leider kann man mit unbequemen Fakten keine Wahlen gewinnen.

Aus eigener Erfahrung kann ich sagen, dass das gefürchtete Kopf Kino einen überrollt und dies mehr als ein medizinisches Problem darstellt. Der psychologische Dienst nimmt sich teils fragwürdig dieser Probanden an. Das schlichtweg fachlich geschulte Personal für alle Problemstellungen fehlt. Mit Klopapier werden Schusswunden provisorisch gestopft. Der Patient verreckt, hübsch langsam. Das hilft optimal beim lustigen Leiche-Schminken. Sarkastisches Motto im Kittchen: Werde nie krank im Loch, sonst ist es nie vorbei.

Um 11.03 Uhr Mittagessen: Bockwurste mit bunten Spiral-Nudeln, als Sweety Kindergartenportion Joghurt (Weißer Pfirsich Sonderverkauf/Mischphase, trotzdem lecker).

Gegen 13.20 Uhr leidiger Mittags-Einschluss, Hof-Gassi ca. 15 Uhr auf Wunsch. Um 16 Uhr Aufschluss für alle Strauchpenner. Dann 17.30 Uhr Abend Abfütterung. In der Multi-Kulti-Bunkerebene gab es Nomalo Kost: Zwiebelbrot und Kochschinken und fettreduzierter Frisch Käse. Danach 18.01 bis

18.31 Uhr wachsendes Geläut der Glocken der nahen Kirche draußen. Um 18.50 Uhr ZDF-Krimi ohne geile Handlung. Jedes Furz-Kissen ist geiler, wie der Einschluss nach der Abendbrot-Verklappung. Einer wirft dir Kottelet an die Backe und der „dröge Zoowärter" ballert die Stahltür zu, sobald du den Teller in die Zelle trägst. Diese Nummer ist Bull-Shit.

Sonntag, 22. September, Lebendkontrolle um 07.30 Uhr, die Fütterung gegen 8 Uhr dreißig. Heilige Messe dann um Zehn. Der Kastraten Chor ruht heute, da viele neue Stimmen die Lieder erstmal sauber lernen müssen und gruselige Katzenmusik ein No-Go wäre. Die schweren Jungs aus Politik und Adel sind trotzdem motiviert, da die Grundstimmung gerade hoffnungsvoll ist.

Ein einschlägiger Wohnwagennomade als Leitwolf und ein Berufs-„Undertaker" als Kerzenwärter führen kommissarisch die Belange im Sinne Christi. Ich trage jetzt als Zugeständnis das Medaillon „Maria ohne Sünde empfangen".

Der letzte Haupt Einkauf war ergiebig, also Sonntag ein Handelstag im Tempel. Nach dem klassischen Vaterunser gingen wir schnell auseinander.

Mittag 11 Uhr Essen war für mich bedeutungslos. Schmeckte grausamer als bei der Bahnhofsmission im Lehrter Bahnhof.

Rest des Tages plätscherte verhalten vor sich hin. Bin runter in Level One zu Besuch bei Collega von Maloche. Der hatte gerade den Kiffer-Bruder aus Contihausen an der Wade und der Arsch hat fast Herzklabaster bekommen, als ich überpünktlich Look out blue abgedrückt habe.

Weil Zöpfchen schwer hochkommt Digital – Keule kredenzt. Der Kiffer kompensiert neuerdings seine Hohlbratze durch Pumpen für Olympia. Seine Bizepse wachsen brutal für Bohnermaschine. Nachts kommen dann die Paranoia-Schübe und er schreit den Mond an.

Bin früh in die die Falle, nachts zwei Mal auf Fanta wegen Doc Blase. Sonst war auf dem Innen Areal zwischen den Häusern die Bühne leer und der kanackische Landfunk brachte am Pendelgitter auch ohne Zeitungslektüre die frischen Fußballwetten und das Weltschmerz Gewinsel der Massenmedien in Kurzfassung.

Die Schule des Verbrechens schläft hier nie. Hoffe auf Amnestie vom Schlitten-Mann, blöd ist nur das in der Väterchen Frost Periode Aufträge am Bau ruhen. Wenn die Säge klemmt, stellt sich schneller der Drehtür Effekt ein.

Mein Wochenende im Knast II

Ich stehe morgens um 5:00 Uhr auf, mache meine morgendliche Waschung, koche heißes Wasser und anschließend bete ich mein Morgengebet. Danach trinke ich einen Kaffee und lege mich bis 7:00 Uhr wieder hin. Dann ziehe ich mich an, denn um 8:00 Uhr hole ich das Frühstück für die Gefangenen und gebe es denen aus.

Gegen kurz vor 9:00 Uhr reinige ich die untere Etage, Büro, Küche sowie Beamten-WC's und fege auch einmal durch. Um kurz vor 10:00 Uhr frühstücke ich in aller Ruhe und lese Zeitung dabei oder sehe etwas auf dem Sportkanal.

Dann ist auch schon Mittagszeit. Dann muss ich los und das Mittagessen zu holen. So gegen 11:00 Uhr verteile ich die Tabletts an alle und sammle diese wieder ein und bringe alles in die Küche zurück, dann nehme ich auch das Abendbrot mit zurück. Es ist dann circa 12:30 Uhr. Ich stelle noch eine Waschmaschine ein und bereite alles zum Putzen vor, da in der Einschlusszeit die beste Gelegenheit dafür ist. Ich putze dann die Küchen, Stationsflure und Duschen. Anschließend gehe ich duschen, mache mein Gebet und lege mich für 1 Stunde während der Freistunde schlafen.

Gegen 16:00 Uhr stehe ich auf, wasche mich, trinke einen Kaffee und verteile von 16 bis 17:00 Uhr Abendbrot. Ich habe dann noch circa eine Dreiviertelstunde um mir etwas zu kochen, je nach Appetit tue ich das auch. Es ist dann Einschluss, ich mache mein Nachmittagsgebet und bereite mich auf die Fußball Sportschau im Ersten vor. Diese sehe ich von 18 bis 20:00 Uhr und mache im Anschluss mein Abendgebet.

Dann je nach Fernsehprogramm telefoniere ich mit meiner Frau und wir tauschen uns aus. Ich bete mein Nachtgebet, esse noch eine Kleinigkeit und gehe nach dem Zähneputzen schlafen, ... aber der Fernseher muss dabei an bleiben.

Sonntags ist es derselbe Ablauf, allerdings hab ich da mehr Zeit zum Frühstücken. Es gibt seit langem mal wieder Brötchen mit Lachs, dazu einen Schwarztee, geschnittene Tomaten, Erdbeeren und Mozzarella.

Am Abend gibt es selbst gemachte Pizza, der Teig aus 500g Mehl, sechs Esslöffel Olivenöl, ein Schuss Sahne, eine Packung Quark, sechs Esslöffel Milch, Sesam, eine Prise Salz und Zucker. Obendrauf frische Tomaten. Die eine Hälfte mit Sucuk die andere Hälfte mit Thunfisch belegt, scharfe Peperoni Zwiebeln und geriebener Gouda.

Nachdem die Pizza fertig ist noch geriebener Knoblauch in Olivenöl und einige andere Gewürze obenauf. Somit habe ich das Maximalziel erreicht, kein Stress, müde von der Arbeit, satt durch die Pizza und mein langes Wochenende ist um.

Wenn auch nicht ganz so interessant, hoffe ich dennoch, dass ich dem Leser einen Einblick in mein Wochenende im Knast gewähren konnte.

Mein Wochenende im Knast III

6:00 Uhr werde ich aufgeschlossen, dann wird geduscht und direkt die Familie angerufen. Meine Kinder erzählen mir wie die Schule war.

Dann sitze ich mit den anderen und wir unterhalten uns. Jeder erzählt etwas.

Um 11:00 Uhr bekommen wir Mittag, danach lese ich etwas.

15:00 bis 16:00 Uhr ist die Freistunde.

16:00 bis 17:00 Uhr spielen wir Karten und kochen zusammen.

17:00 Uhr ist Abendbrot und direkt nach dem Abendbrot ist Einschluss.

Dann telefoniere ich noch einmal mit meiner Familie, also Frau Kinder dann Mama und Papa.

Mein Wochenende im Knast

Der Gefängnis-Alltag ist meist von Langeweile geprägt. Gerade an den Wochenenden ist es oft nicht einfach die Zeit totzuschlagen. Samstag ist gegen 8:00 Uhr wecken. Da wir nicht zur Arbeit müssen kann ich es gemütlich angehen lassen. Ich stehe in Ruhe auf und mache mich in der Nasszelle frisch, Zähneputzen, Haare waschen, was halt so dazugehört.

Dann gehe ich erst mal zum Stationsbüro im Erdgeschoss, meine Tabletten nehmen. Auf dem Weg dorthin kurz in die Etagen-Gemeinschaftsküche den Boiler auffüllen und anschalten. Heißes Wasser für einen Kaffee machen (meinen Wasserkocher hat leider der Kalk-Tod ereilt, Frieden seiner Seele).

Kurz darauf wird dann Frühstück auf Station verteilt. Was für ein Service, frische Brötchen direkt an die Zellentür geliefert. Sonntags sogar ein hart gekochtes Ei und dazu Marmelade für die kommende Woche. Lecker ist irgendwie anders, aber wir sind im Knast und nicht im fünf Sterne-Hotel.

Nach einem ausgiebigen Frühstück nutze ich die Zeit um kurz meine Zelle aufzuräumen und zu putzen. Tisch, Stuhl und Teppich auf den Flur gestellt und sämtlichen Müll entsorgt. Regale abstauben, Boden fegen und zum Schluss durchwischen. Ordnung muss sein, ich will mich ja auch wohl fühlen. Nebenbei läuft Sunshine-Radio, Techno am Morgen vertreibt Kummer und Sorgen. Mit Musik geht eben alles besser, selbst putzen! Dann ist auch erst mal Zeit für eine Raucherpause. Es ist ein Laster mit dem Laster.

11:00 Uhr, Zeit fürs Mittagessen. Über das Essen hier im Knast kann man geteilter Meinung sein. Bei 500 Essen täglich ist es für das Küchenteam bestimmt auch nicht leicht es immer allen recht zu machen. Im Großen und Ganzen ist es aber okay.

So, dann hätten wir es jetzt 11:30 Uhr. Mal gucken ob einer der „Nachbarn" Lust auf eine Runde „Kniffeln" hat? ... Jupp, wen gefunden! Also auf in den Gruppenraum oder in meine Bude (dort darf wenigstens geraucht werden, Musik gibt's auch) und die Würfel ausgepackt. Mal verliert man, mal gewinnen die anderen. Aber so kriegt man wenigstens die Zeit halbwegs sinnvoll rum.

Nebenbei werden natürlich auch Gespräche geführt. Zumeist geht es um den Knastalltag, die damit verbundenen Sorgen und Probleme, unsere Straftaten, Strafzeit, Knasterfahrung und so weiter.

13:30 Uhr ist dann erst mal Einschluss bis 16:00 Uhr. In dieser Zeit zappe ich durchs TV-Programm. Oft genug schlafe ich dabei auch noch mal für ein Stündchen ein, ... macht nix, ist ja Wochenende.

Wenn dann 16:00 Uhr die Tür wieder aufgeht, beeile ich mich um zum Büro zu kommen, damit ich noch eine Zeitung ergattern kann. Samstags ist das für uns besonders wichtig. Da ich kurz vor der Entlassung bin und „draußen" noch keine Wohnung habe, ist der Anzeigenteil wichtig für mich. Vielleicht ist ja diesmal was Passendes dabei.

Ein Brief von meiner Süßen war heute auch noch für mich da. Den hatte ich schon ganz sehnsüchtig erwartet. Es tut immer gut, ein paar liebe Zeilen zu erhalten. Ach ja, fast hätte ich es vergessen zu erwähnen… von 15 bis 16:00 Uhr wäre auch „Freistunde" gewesen. Also eine Stunde frische Luft auf dem Hof. Das erspare ich mir allerdings. Auf Maschendraht und hohe Mauern schauen muss ich nicht auch noch in meiner „Freizeit" haben und mir antun, … dann lieber drinnen in meiner Bude.

Die restliche Zeit bis zum Abendeinschluss verbringe ich dann meist auf Station. Ein bisschen rumlaufen, Smalltalk, kaffeetrinken oder fernsehen.

17:30 Uhr ist dann Schluss, es wird Abendessen verteilt und die Tür ist wieder zu. Jetzt bin ich allein mit mir, meinen Gedanken, der Langeweile, … was tun bis zum Einschlafen? Erst mal ein Wurstbrot essen, abwaschen, Zeitunglesen und die Wohnungsanzeigen durchsehen, … dabei infrage kommende markieren.

Anschließend rufe ich meine Tochter an. Zum Glück haben wir Telefon auf dem Haftraum und können dies auch zeitlich uneingeschränkt nutzen, sofern unser Telio-Konto Guthaben aufweist.

Mal hören was es bei meiner kleinen Prinzessin Neues gibt und ob zu Hause alles okay ist. Anschließend rufe ich meine Freundin an, zusammen gehen wir die Wohnungsanzeigen durch und berichten uns gegenseitig das Neueste vom Tage.

Danach mache ich es mir auf dem Bett bequem und versuche beim Fernsehen etwas abzuschalten und zu entspannen. Viel mehr passiert hier halt nicht. Eintöniger, langweiliger Alltag eben.

Alle zwei Wochen ist Einkauf, da ist es etwas hektischer, weil alle ihre Tauschgeschäfte am Laufen haben und jeder erst mal seine Schulden bezahlt oder eintreiben geht.

Es ist dann ganz schön „Gewusel" im ganzen Haus. Am Sonntagvormittag ist in der Kirche Gottesdienst. Da ich bekennender Atheist bin nehme ich daran nicht teil. Ich habe mir das zu Beginn meiner Zeit ein bis zweimal angeguckt, da das aber zumeist auch mehr als Treffpunkt und Tauschbörse genutzt wird (Da hier Gefangene aus allen Häusern zusammentreffen), ist er für mich auch nichts, denn da halte ich mich raus.

Ja, so sehen die Wochenenden im Knast aus.

Zivilcourage von Oliver Thomas

Es ist der 24.12, Weihnachten hinter Gittern. Es ist das zweite Weihnachten für mich hier drin und noch acht weitere habe ich vor mir. Ich bin in einem anderen Bundesland, mit anderen Regeln, anderer Struktur, ganz anders als Niedersachsen.

Ich kann das Meer riechen, die salzige Seeluft. Ich kann die Schiffshörner hören. Es ist Weihnachtseinschluss. Ich und mein Kumpel sitzen in meiner Zelle. Uns geht es gut, wir haben gute Laune, genug zu rauchen und nebenbei zocken wir Konsole.

Wir bekommen die Zeit kaum mit, bis dann die Tür aufgeht, Rückschluss 17:00 Uhr. Es ist viel Bewegung auf dem Haus, alle zurück in ihre eigenen Zellen, 156 Insassen.

Ich stehe vor meiner eigenen Zellentür, eine ganz alte dicke Holztür mit dicken Stahlverriegelungen. Die JVA ist schon sehr alt und die Häuser sind aufgebaut wie in Hannover Haus drei.

Ich gehe zwei Schritte nach vorne und schaue über das Treppengeländer den Leuten zu, wie sie alle in ihre Zellen zurückgehen! Die Treppe ist auch gleich neben mir, ich sehe wie ein Beamter die Treppe von oben hinunterkommt, hinter ihm ein Insasse.

Eigentlich nichts Ungewöhnliches, ich sehe wie der Beamte von hinten vom Insassen umarmt wird und ich schmunzle etwas. Plötzlich fällt mir der Schlüssel des Beamten vor die Füße, verfängt sich im Treppengeländer und reißt ab. Ich heb ihn auf und steckt ihn mir in die Tasche als ich sehe, dass dem Beamten ein Messer an die Kehle gehalten wird!

Mist, hier passiert grade eine Geiselnahme! Keiner registriert wirklich was los ist in den ersten Minuten. Dann fängt das Gebrüll an, „Lasst mich raus oder ich töte ihn"! Der Geiselnehmer, verurteilt wegen Mordes und versuchten Mordes.

Oh Mann, denke ich, dass ist echt, kein Traum, es passiert wirklich gerade. Die wenigen Beamten im Haus sind total überfordert und geschockt. Es ist immer noch kein Alarm ausgelöst. Was geht hier vor, wo bleibt die Sicherheitstruppe, warum geht der Alarm nicht los?

Wir schreien alle unseren Kollegen an, „Mach keinen Mist, lass ihn los, dass bringt nichts", aber der brüllte nur weiter, „Lasst mich raus, macht die Flur Tür auf, ich schneide ihm die Kehle durch"! Ich sah ein paar Beamte die panisch hin und her liefen.

Wir gehen ihn weiter an, er soll den Beamten loslassen, zu fünft bewegen wir uns ganz langsam auf ihn zu und versuchen mit Ruhe ihn dazu zu bewegen vom Beamten abzulassen. Ich kann nicht aufhören den Beamten anzuschauen, er hat panische Angst und Tränen in den Augen. Es ist ein guter Beamter, immer fair, machte viele Späße mit, … dieser Beamte hat das nicht verdient!

Ein Kollege des Beamten öffnet nach wiederholter Aufforderung endlich die Flur Tür! Jetzt oder nie, … ein kurzer Moment als er nicht aufpasst und das Messer nicht mehr am Hals ist, sondern vor der Brust des Beamten. Vier Leute und ich, wir drängen ihn raus, einer entreißt ihm das Messer, ich schnappe mir den Beamten und ziehe ihn in ein angrenzendes Büro. Dort setze ich

ihn auf einen Stuhl, während die andern mit unserem „Kollegen"
zu tun haben!

Ich schaue mir den Beamten an, setze mich neben ihn auf den
Stuhl und versuchte ihn zu beruhigen. In seinen Augen sieht man
nur noch das weiße, seine Haut ist blass und Schweißperlen
stehen auf seiner Stirn, sein ganzer Körper zittert. Ich sage ihm,
dass er in Sicherheit ist und nehme seine Schlüssel aus meiner
Tasche, drückte sie ihm in die Hand. „Passen Sie beim nächsten
Mal besser auf ihre Schlüssel auf" sagte ich, lächele ihn an bevor
ich mich umdrehte und zu den anderen gehe.

Mittlerweile steht der ehemalige Geiselnehmer auf dem Flur und
fordert seine Kumpels auf mitzukommen. Erst da bemerken wir,
dass es mehrere sind die mitmachen. Sie bleiben aber stehen,
weil sie merken, dass der Rest von uns so einen Mist nicht
mitmachen will. Zu dem Zeitpunkt war die Sicherheit immer
noch nicht da, nur Beamte die an diesem Tag im Haus Dienst
haben.

Wir sehen, dass unser Kollege im Zwischenflur nicht
weiterkommt und nun völlig durchdreht! Er beschimpfte uns als
Verräter und so weiter!

Jetzt kommen sie, eine ganze Horde Beamte von der Sicherheit,
sie stürmen rein und umkreisen den nun „ehemaligen"
Geiselnehmer, der jetzt auf einen Kampf aus ist.

Wir wissen alle, er hat keine Chance! Die Sicherheit geht auf ihn
los und ringt ihn zu Boden. Einer der Hausbeamten, der sich
hinter einem Bürotresen versteckt hatte stürmt auch hervor und

läuft auf den Haufen aus Sicherheitsbeamten und einem Insassen zu. Einige von uns rufen den nun am Boden fixierten zu, „Hör auf dich zu wehren, die brechen dir sonst die Knochen"!

Der eben erwähnte Beamte, fängt an dem am Boden liegenden nicht gerade fair, gegen Kopf Schulter etc., „einzuwirken"! Was soll das, er liegt doch schon am Boden, dann schlägt jemand die Zwischentür zu! Wir sehen nichts mehr, aber hören leider alles, … er wird richtig schlimm verprügelt!

Als sich die Lage anderthalb Tage später entspannt hatte, kamen einige Beamte auf mich und die anderen vier Insassen zu und bedanken sich. Sie ließen auch Grüße und Dank von dem Beamten ausrichten der an dem Tag durch die Hölle gehen musste. Er lag mit einer gebrochenen Rippe und anderen kleinen Blessuren im Krankenhaus. Alle wünschten ihm schnelle Genesung und alles Gute. Leider ist er bis heute nicht mehr zurück in den Dienst gegangen.

Ein dreiviertel Jahr später begann der Prozess und wir wurden geladen. Auch vor Gericht wurde allen für unser Eingreifen gedankt.

Bis heute habe ich das alles nicht vergessen und werde es auch nicht. Auch den Geiselnehmer trafen wir im Gerichtssaal wieder, … was haben die bloß mit ihm angestellt? Er hatte sehr viele Narben die vor diesem Ereignis nicht da waren!

Jetzt ist in zwei Monaten wieder Weihnachten und ich bin immer noch hinter Gittern, ich habe seitdem viele Knäste kennengelernt! Ich bin Insasse mit einer Nummer, wegen

Totschlag und Drogenhandel zu zehn Jahren Knast verurteilt und habe bewiesen und gesehen, dass man kein schlechter Mensch sein muss nur, weil man im Knast sitzt!

Erinnerungen an Gestern

Meine erste „Knasterfahrung" habe ich im Alter von 13 Jahren gemacht.

Damals ist mein Bruder das erste Mal „eingefahren". Er hatte vorher schon einige Straftaten begangen und wurde dafür mit Wochendarrest oder Arbeitsstunden bestraft.

Dieses Mal war der Richter nicht so gnädig und hatte ihn zu drei Jahren verdonnert. Er war 15 und hatte seinen ersten Einbruch hinter sich. Wie gesagt, ich war 13 und wir haben ihn dann in Hameln besucht.

Wir hatten uns schon ein paar Wochen nicht gesehen, nur telefoniert. Als wir in den Besucherraum kamen, waren da schon mehrere Besucher. Man fühlte die bedrückende Stimmung. Mütter die weinten, Freundinnen, die voller Sehnsucht waren und Väter mit diesem bestimmten Blick der sagte: „Ich habe es dir doch gesagt Junge".

Es war eine andere Welt. Sozusagen ein Mikrokosmus der Gefühle.
Dann kam mein Bruder rein, ich sah Tränen in seinen Augen. Meine Mutter war natürlich auch gleich Todtraurig. Mein Vater grummelte: „Hallo Sohn".

Ich habe ihn umarmt und auf die Wangen geküsst zur Begrüßung. Eine Geste, die uns sonst immer schwergefallen ist. Wir hatten nie ein gutes Verhältnis zueinander.

„Komisch" dachte ich wie einen der Knast doch verändern kann.
Am Telefon hörte er sich doch immer sehr hart an. Jetzt sah man ihm doch an wie sehr der Knast an der Psyche nagt. Er freute sich über die mitgebrachten Sachen.

Naja, die Stunde Besuch ging schneller vorbei wie gedacht. Man hat über belangloses Zeug geredet. Wir verabschiedeten uns voneinander. Ich sollte alle seine Freunde grüßen. Ich versprach es zu tun.

Wieder Zuhause, wollte ich mein Versprechen halten, und habe in der Schule meines Bruders seine „Freunde" gegrüßt. Manche haben mich angeguckt wie einen Aussässigen. Ja und? Kam dann die Antwort. Nur 2 oder 3 haben sich wirklich interessiert. Wie geht`s ihm denn? Kamen die Fragen.

Ich dachte: Nicht nur er verändert sich, auch seine sogenannten Freunde. Das will ich nicht erleben.

Beim nächsten Anruf habe ich ihn natürlich von seinen wahren Freunden gegrüßt und ihm gesagt was die anderen zu mir sagten.

Er nahm das mit Bedauern auf und sagte: Erst wenn man im Knast ist, merkt man wer die wahren Freunde sind, merk dir das.

Als wir ihn wieder besucht haben war es das gleiche Spiel wie beim letzten Mal. Wieder war da dieses bedrückende Gefühl. Aber irgendetwas hatte sich doch geändert.

Hatten wir beim letzten Mal noch kaum miteinander gesprochen, redeten wir jetzt fast den ganzen Besuch über.

Ich sah im Besucherraum auch Leute aus meiner Gegend, sie freuten sich auch Mal wieder ein bekanntes Gesicht zu sehen. Seltsam wie klein die Welt doch ist. Dabei bin ich gerade mal 30 Kilometer von zuhause weg. Die Stunde Besuch ging wider Erwarten schnell vorüber.

So ging es ein Jahr lang.

Dann kam er auf 1/3 Strafe raus. Das heißt er musste nur 1 Jahr von den ursprünglichen drei absitzen.

„Krass" dachte ich. Da baut man Scheiße und muss noch nicht mal die volle Strafe absitzen.

Es dauerte auch nicht lang da beging er schon wieder Straftaten.
Er sagte zu mir: „Im Knast lernst du noch dazu anstatt du resozialisiert wirst."

Leider lernte er auch Drogen im Knast kennen. Harte Drogen.

Hatte man vorher noch kleine Joints geraucht, brauchte er jetzt schon Kokain. Zwar nicht viel, aber er ist halt auf den Geschmack gekommen.

Ein Problem was ihm im weiteren Laufe seines Lebens zum Verhängnis werden sollte.

Unsere Beziehung zueinander wurde auch wieder schlechter. Wie gesagt er beging wieder Straftaten, und zwar im großen Stil.
Er meinte das tue er um besser leben zu können.

Ich wusste er lügt. Denn mit den Drogen wurde es auch immer mehr. Langsam aber stetig.

Also dauerte es nicht bis er wieder einfuhr.

So ging es sein halbes Leben lang. Knast, Therapie, Freiheit, Knast
und immer waren Drogen sein Begleiter. Und zu den Drogen kamen dann auch noch die Medikamente dazu.

Heroin, Kokain, Methadon, alles was der Markt hergab hatte er schon genommen.

Er starb mit 38 an einer Überdosis.

Und ich saß zum ersten Mal im Knast. In U-Haft um genau zu sein. Was ich gemacht habe ist eine andere Geschichte.

Aber was ich gefühlt habe das möchte ich noch erzählen.

Anmerkung der Redaktion: Der Häftling, der diese Geschichte schrieb wurde nach Verbüßung von zwei Dritteln seiner Strafe entlassen und konnte sie somit nicht beenden.

Endstation Knast

Früher oder später wusste ich, dass ich „einfahren" würde. Gewollt habe ich das natürlich trotzdem nie...Ich weiß nicht, warum ich es soweit kommen lassen habe, waren es die sogenannten Freunde? Die Drogen?

Soviel kann ich sagen, die Freunde, wo sind die jetzt, da ich in Haft bin? Melden tun sich wenige, nach ein paar Jahren so gut wie keiner mehr. Eigentlich kann man nur auf seine Familie setzen, vorausgesetzt man hat eine.

Die können Dich vier Stunden im Monat besuchen, das sind im Jahr 48 Stunden. Verrückt, wenn man darüber nachdenkt, dass man gerade mal von 365 Tagen im Jahr, hochgerechnet zwei Tage, seine Familie für sich hat. Die anderen 363 Tage im Jahr bis Du auf Dich allein geselltt.

Am schlimmsten ist es Geburtstag, Weihnachten und Sylvester hinter Gittern. Draußen zieht das Leben an Dir vorbei und Du sitzt alleine in denen acht Quadratmetern. Und ständig hast Du das Gefühl, Du verpasst etwas.

Deine beste Quelle nach draußen ist Dein Fernseher (wenn Du einen hast!) Der updatet Dich und ist Dein treuester Wegbegleiter während Deiner Haft.

Klar freundet man sich früher oder später mit den Gefangenen an, aber dies ist immer mit Vorsicht zu genießen. Meist gucken die nur, welchen Vorteil sie von Dir haben. Ob es Tabak, Kaffee oder einfach nur Deine Anwesenheit ist, um selbst nicht alleine zu sein. Die Liste geht unendlich weiter, aber darum geht es hier jetzt nicht.

Am schlimmsten ist es, wenn nachts die Tür zugeht. Tagsüber kann man sich noch gut ablenken, aber dann geht das Kopf Kino los. Stundenlang kreisen sich die Gedanken und man sucht die Schuld bei anderen. Ich war immer so, für mich waren immer die anderen Schuld.

Aber da gibt es einen schönen Spruch, den Du sicher schon mal gehört hast: „Jeder ist seines Glückes Schmied."

Boah, habe ich den Sprich gehasst. Aber es ist so! Mach Deine Schule, such Dir ein cooles Hobby und gib Dich mit vernünftigen Leuten ab. Alles Weitere ergibt sich dann von selber irgendwie.

Das heißt jetzt nicht, Du sollst samstags abends zuhause verbringen und Pfefferminz Tee trinken. Feier Dich ab, probiere Dich aus, aber mach keinen Scheiß, was Dich Jahre Deines Lebens kosten könnte. Die kriegst Du nie wieder zurück.

Es ist auch nicht cool im Knast. Klar bist Du dann der dicke Macher im Freundeskreis. Meinen die zumindest oder vielleicht sogar Du selbst. Aber hart gesagt, bis Du das Opfer. Das Opfer Deines selbst, Du alleine hast Dich in diese Situation gebracht. Kein anderer! Du alleine bist für Dich verantwortlich.

Cool sind diejenigen, die in der Schule immer ihre Hausaufgaben hatten, einen guten Abschluss gemacht haben, eine Ausbildung. Klar waren die zu meiner Schulzeit die Uncoolen. Aber wer ist jetzt der uncoole? Die meisten von denen verdienen mittlerweile gutes ehrliches Geld. Fahren ein schönes Auto und sind bei Ihrer Familie. Hier hat man all das nicht.

Und wenn Du noch die Chance hast, die Kurve zu kriegen. Dann nutze sie. Sei nicht blöd! Wenn Du es alleine nicht schaffst, dann such Dir Hilfe. Das bedeutet nicht, dann man schwach ist, alleine schafft man manche Sachen halt einfach nicht. Es gibt immer den anderen Weg. Du schaffst das!!! Everybody deserves a second chance.

Mein Weihnachtsfest im Knast

Mein erstes und hoffentlich auch letztes im Knast.

Weihnachten werde ich in der JVA Hannover verbringen müssen.

Hab mir gedacht, dass ein Bekannter und ich ein Abendessen kochen. Wir wollen ein Hähnchen marinieren und im Ofen backen. Außerdem steht ein Apfelkuchen auf der Wunschliste.

Dann essen wir abends und schauen ein wenig Fernsehen und das war es dann auch schon mein Weihnachten. Dann lege ich mich schlafen.

Mein Weihnachten in der JVA

Mein Weihnachten beginnt morgens um acht Uhr – Aufschluss. Ich stehe auf und mache mir erstmal einen Kaffee. Danach ist mit den Jungs Frühstück angesagt. Es gibt Brötchen, Aufstrich, Rühr- und Spiegelei oder ein gekochtes Ei.

Nach dem Frühstück wird mit der Familie telefoniert um allen schöne Feiertage zu wünschen. Den Tag verbringt man auf seinem Haftraum oder mit den Jungs. Man setzt sich zusammen, zockt oder spielt Karten. Zum Mittag oder Abendbrot wird gekocht und man spricht über alles Mögliche.

Dann ist schon wieder Einschluss und es fängt die Depression an, weil man nicht mit seiner Familie Weihnachten feiern kann. Und so ist es alle Jahre wieder. Ist halt Weihnachten im Knast. In diesem Sinne Frohe Weihnachten und einen guten und gesunden Start in das neue Jahr

Mein Weihnachten 2015 bis 2018 in den verschiedenen JVA s

Auch für uns Insassen der niedersächsischen Verwahreinrichtungen bleibt das Weihnachten des Abendlandes ein hohes kirchliches Fest, ein Ritus aller Gläubigen und Angehörigen. Auch die vermeintlich Ungläubigen, Jahrhunderte lang verfolgt, feiern die Fete des Sandalen Jupp aus Bethlehem, mit zunehmender Vergesslichkeit mit.

Die meisten Menschen draußen vor den alten maroden Betonwänden des Wunderwerkes JVA Vollzug nutzen das Lichterfest als konsumgeile Bespaßung für ihre Kinder und dann später als Statussymbol des aktiv gelebten Wohlstands Stils des Spießbürgertums.

Wer nichts mehr zu verschenken hat, ist im einfachen Denkmodell von Gierbefriedigung und Machtzuwachs nach kurzer Abmahnung der befeuerten Bedürfnis-Empfänger praktisch nix mehr wert. Das drückt sich dann rasch in einer veränderten Tonlage aus.

Dabei wäre die Lösung aus dieser zwischenmenschlichen Sackgasse einfach anzugehen. Selbstbestimmter Verzicht auf Schenkerei oder ein fester Sockelbetrag auf Gegenseitigkeit. Der Handel lebt fürstlich von den Paketorgien unter der geschmückten Nordmann Tanne. Die Umtausch-Kohle nach der Bescherung abspritzen ist ein schönes Anschluss Business.

Ich glaube, dass Schenkerei eine schöne Sache bleibt, aber doch langfristig nur im Verbund mit gemeinsamen Erlebnissen einen echten Wert für das Sozialverhalten schaffen sollte. Da wir mit zunehmender Digitalisierung immer weniger authentisch leben, geht die innere Qualität rasch flöten. Dann hat der deutsche Michel bald das elementare des Seins verlernt. Dieses Verschütten betrifft uns immer mehr, weil wir uns nicht aktiv gegen den Verfall wehren.

Zurück zu Santa Claus und den lustigen Schneeball Schlachten. Was ist grundsätzlich verschieden, wenn ich an Weinachten hinter Gittern auf der Klapp Pritsche und dem ewig klimpernden Wärter-Schlüssel denke?

Als erstes fällt die absolute Fremdbestimmung auf. Das ist vergleichbar mit einem dumpfen Gefühl im Magen, wenn eine Sache grundsätzlich fehlerbehaftet ist. Das Paradoxe daran: Das will niemand freiwillig selbst durchleben. Kacken, fressen, brunzen, das mit der Vermehrung und der Suff, nichts hat mehr die Würde des privaten Moments.

Der Zoo-Wärter in Uniform leidet selbst, weil er, der Super Schlaumeier, dem Knacki Nilpferd beim Flatulären so dicht auf die Rosette pliert (Die Sicherheit verlangt ja Urin- und auch Kot Probe bei aufkeimendem General-Verdacht durch Bedenken Träger). In den Vollzugsvorschriften muss hochnotpeinlich die Original Herkunft der heiligen Körper Flüssigkeiten überwacht werden. Im Anschluss wird dann die goldene Fanta geckig in kleinen Trinkbechern mit grünem Deckel in to go Beutelchen dem Labor kredenzt.

Das matschige Darm aua vom schwulen Knacki Hippo wird mit Löffel von der Kachelwand gekratzt und gern zum LKA Hannover zum fermentieren versandt. Daraus wird dann ein grüner Magen Tee für angehende Staatsanwälte nach Geheimrezept von Hildegard von Bingen hergestellt. Das soll Weisheit verleihen und gegen chronisches Sackjucken helfen.

Dieses enge Zeitfenster gehorcht keiner Norm und ist nicht jede Dekade gleich. Nichts ist planbar, wenn Justitia mit der hebräischen Vergeltung buhlt. Eine Chimäre noch daraus entsprungen ein Gottes Geschenk.

Wenn es das Wunder von Bern wirklich gibt, dann kann man auch neidlos Weihnachten als eine Chance innerhalb der Haftsituation anerkennen. Einige wenige Zellengenossen bekommen im Dezember Amnestie, wenn sie genug Ärsche geleckt haben oder nachhaltig nerven. Die Gefahr ist nur: Arsch lecken kann beim ersten Zungen Schleck in die absolute Abhängigkeit münden. Danach ist man lebenslang danach süchtig, wie Droge.

Warum die Weihnachten im Staatshotel anders laufen, wie das der Bürger draußen in Freiheit kennt? Hier gibt es weder Alkohol noch Familie als Klebstoff, keine Freundin- um unter den Zweigen einen Braten in die Röhre zu schieben. Auch fehlt gänzlich der vertraute Corpsgeist einer gewachsenen Fußballmannschaft, die sich unter Regeln der Fairness, einem gemeinsamen Wettbewerb gegen andere Mannschaften bei legalen Turnieren miteinander erprobt. Alles was geschieht, ist eine Allianz (auf wenige Gelegenheiten reduziert) durch Verrat, Missgunst und destruktive Ängste vergiftete Gemenge Lage ohne Anspruch, außer vielleicht verbrannte Erde zu hinterlassen.

Das ist die dunkle Seite des Medaillons. Die Zahlen Seite der Münze ist die abzählende Variante, beginnend mit dem ersten Advent. Da kommt nun der Klerus mit seinen Deutungs-Angeboten ins Spiel: Liebe, Hoffnung, Zuversicht, Erlösung, neue Pfade einschlagen, Veränderungen anschieben, Frieden stiften, soziale Not lindern, Heilung ermöglichen und vergleichbares. Da muss Weihnachten, weil Menschen bereits schon so entwurzelt, für vieles hinhalten, wo die Kuhhaut bereits vollgeschrieben ist.

Ergebnis der Aktion. Die Kirche ist einmal im Jahr voll, wie bei einer Fürsten-Hochzeit und danach fällt sie wieder in Dornröschen Schlaf, halt wie immer! Das nennt sich dann unter vorgehaltener Hand Inflation des Glaubens und ein Club geheimer Himmels Komiker nahe Rom hat dann ein verlängertes Wochenende, weil Aktien abkacken.

Was habe ich in den letzten vier Jahren in unterschiedlichen Haftanstalten erlebt? Viel, doch ist das vollumfänglich recht unbequem. Hier in der Schulenburger Landstraße tickt die Knast Uhr anders als in Sehnde oder in Santa Fu. Viele Schlüssel Bunker haben Probleme mit der Bettenauslastung und der Nettorendite pro Knastträne. Celle ist seit Stabswechsel unter den Blaumeisen kein Tipp für Chilly Billy mehr.

In der JVA Hannover gibt sich die Ökumene redlich Mühe mit vielfältigem Angebot den Gefangen einen Teil von Weihnachten auch in der Schuhkarton Haftanstalt zu ermöglichen. Eine Vorweihnachtsfeier findet für alle Kirchengruppen gemeinsam liebevoll gestaltet vor dem Ambo Tuche statt. Dabei brennen Kerzen und Gäste sind, wenn erlaubt, stets willkommen. Der

Direktor ermöglicht jedes Jahr ein Sommerfest mit Band und ein klassisches Konzert zu den Feiertagen, was von hoher Qualität geprägt ist.

Wer Erfahrung hat mit dem Wesen der Einzelzelle, versucht seinem Alltag feste Struktur wiederzugeben und lenkt sich tunlichst mit Sport, Schach, Rätseln, der Hoffnung auf Blitzentlassung und TV glotzen ab.

Ich kenne einige Weggefährten, die durch Haftschäden bedingt am ersten Arbeitsmarkt wohl kaum noch teilnehmen werden. Diese Männer bestehen nur aus einer Hülle, den Rest haben die Teufel in der Strafhaft im Fegefeuer der juristischen Eitelkeiten gefressen.

Bedürfnisse

Mein Name ist ..., ach das tut eigentlich nichts zur Sache. Nennen Sie mich Marlon oder Jonathan. Nein nicht Jonathan, die englische Aussprache John a than th bitte.

Ist ja auch egal. Ich bin jetzt 59 Jahre alt. Ein Alter, in dem man über vieles nachdenkt. Warum bin ich wieder mal im Knast? Was habe ich mit diesen tätowierten, Möchtegern Drogenchefs, verblödeten Schwarzfahrern, schwulen Strichpissern oder drogensüchtigen Heulsusen zu tun?

Ach, seit zwei Monaten bereichert die Ansammlung von halbtoten Knast Karikaturen ein besonders schönes Exemplar Mensch. Im wahrsten Sinne des Wortes: circa ein Meter siebzig groß, eine Taille, die ich mit zwei Händen umfassen könnte. Ihre langen schwarz glänzenden Haare trägt sie stets hochgebunden. Wenn ich diese ungeschminkte Schönheit sehe, möchte ich mit meinen Gicht Händen ihr volles Haar durchwühlen uns es mit sanften Küssen bedecken.

Selbst in diesen Knastlatschen bewegt sie ihren superschlanken Körper als schwebe sie in High Heels über einen endlosen Laufsteg. Was macht dieses Geschenk an die Menschheit zur Inhaftierten in einem Männer Gefängnis. Sie hat keine Muschi. Ladies verzeiht mir den Ausdruck. Auch im Alter, quatsch eigentlich schon immer, ficken ist geil aber so ein guter ... werden wir wieder weniger ordinär.... Oral Sex hat doch was.

In den Zeiten, in denen ich im Bau war, hat mir meine rechte Hand gute Dienste geleistet. Manchmal konnte ich mir auch einen Boy leisten. Irgend so einen Pisser mit einer halbwegs akzeptablen Visage. Wenn ich Kajalstift auftreiben konnte, dann bat ich sie, sich zu schminken. Wenn nicht, gab es auf die Fresse.

Wenn ich nicht im Bau bin, dann stehe ich nicht auf Männer. Nein, ich liebe Frauen. Das war schon immer so. Als ich das erste Mal einfuhr, habe ich nur an eine gedacht.

Meine Kindheit und meine Jugend verbrachte ich in einem kleinen Dorf in der Nähe von Münster in Westphalen. Meine Eltern haben hart gearbeitet um uns Kinder (mich, meinen Bruder und meiner Schwester) ein gutes Leben zu bieten. Wir wurden nicht verwöhnt, wie die sich auf dem Boden wälzenden Kinder von heute, nur, weil sie ihren Willen nach einer Tafel Schokolade nicht bekommen.

Aber wir hatten immer genug zu essen und keiner musste die Klamotten des anderen auftragen. Unsere Eltern und unsere Großeltern übermittelten uns Werte wie Ehrlichkeit, Bescheidenheit, Liebe, Vertrauen, Wissen um die Vergangenheit, Traditionen und Musik.

Warum wurde dann aus mir ein Knacki oder einmal Knacki immer ein Knacki? Wenn ich Ihnen diese Frage beantworten könnte, wäre ich nicht an diesem gottverdammten Ort.

Jetzt verfalle ich schon wieder in diesen Jargon, meine Oma würde sich buchstäblich im Grab umdrehen. Ich würde ihr sagen, dass Gott diesen Ort tatsächlich verdammt hat. Nicht einmal in der Kirche geben diese Möchte gern Gauner Ruhe.

Nein im Gegenteil, während der Geistliche seine Predigt hält, wird mit allem gehandelt. Wie die Hausierer bieten sie Kaffee, Tabak oder Spice an. Früher ging das noch halbwegs verdeckt über die Bühne. Wir wollten den netten von Gott gesandten Herrn nicht verärgern, schließlich ist er nach wie vor einer der wenigen, der Dir die Hand gibt. Wer reicht Dir hier sonst die Hand? Vielleicht der Psychologe oder die Mitgefangenen, mit denen Du Fußball spielst, das war's dann aber schon.

Als ich ein kleiner Junge war, fragte ich meine Großmutter: „Oma, warum müssen wir Opa auf dem Friedhof besuchen, warum kann er nicht zum Kaffee kommen." Damals wurde ihre Stimme laut, sie schrie mich fast an: „Wer hat denn gesagt, das Gott lieb ist." Ich weiß nicht mehr, was ich damals tat, aber ich glaube ich schlich mich davon.

Mit Marie konnte ich über Gott und die Welt reden. Marie hieß eigentlich Maria Luise. Aber sie hasste diesen Namen. Alle sollten sie nur Marie nennen. Also tat ich es auch.

Marie ist das Mädchen, dass ich nie vergessen werde und das hat nichts mit f... verzeihen Sie Sex zu tun. Sie war so anders als ich. Ich mochte die Musik von Led Zeppelin, Deep Purple oder den Scorpions. Marie liebte Howard Carpendale, Thin Lizzy oder Hot Chocolade und Elvis. Aber wenn wir auf meiner Matratze lagen und Udo Lindenberg „as time goes by" auf meinem Schallplattenspieler lief, dann konnten wir über alles reden.

Es war das Jahr 1981. Wir beide wohnten in einem sogenannten Arbeiterwohnheim in West-Berlin. Mein Appartement hatte Ausblick auf den Todesstreifen. Maries Zimmer hatte Ausblick auf den Tennisplatz. Ich glaube, das war auch schon bezeichnend für unsere Beziehung.

In Berlin suchte man damals Arbeitnehmer. Darum war ich aufgebrochen aus unserem Dorf, um mir etwas Eigenes aufzubauen. Mein Bruder sollte den Bauernhof unserer Eltern übernehmen und ich wollte als Tischler meinen eigenen Laden haben. Tatsächlich hatte ich einige Statistenrollen ergattert und schon ein wenig Kohle verdient.

Meine Ähnlichkeit mit Marlon Brando war echt was wert. Mir persönlich war das eigentlich egal. Aber die Leute sahen ihn in mir. Warum sollte ich dafür kein Geld nehmen? Und es war nicht wenig. Ich musste einfach nur rumstehen und einen gewissen Blick aufsetzen. Das konnte ich. Aber ich wollte mehr.

Aber was war mehr? Irgendwer hatte immer irgendetwas Cannabis, Koks oder einfach nur Bier und Wodka. Ich weiß nicht, was ich wollte. War es leben, genießen? Ich probierte alles. Aber ich fand es nicht.

Marie war anders. Sie genoss einfach alles. Sie liebte alles. Wenn sie rund um die Uhr frühstückte, dann liebte sie es. Wenn sie eine Curry Wurst aß, dann liebte sie es. Das ging mir so auf den Geist, aber ich liebte es auch. Es war einfach ein Genuss zu sehen, wie sie vor einem Pizza Imbiss stand und in ein Mettbrötchen biss. Der Imbissbetreiber lächelte ihr zu und rief: „buen apetito sigorina."

Es zog mich an, aber gleichzeitig stieß es mich ab. Sie wollte die große Liebe hier und jetzt, ich wollte Marie und auch alle anderen Mädels in unserem Haus und ich konnte sie haben. Marie erzählte ich, was ich wollte und sie glaubte es.

Damals als ich sie das erste Mal traf, ach wann war das? Nein, das weiß ich noch. Es war im Fahrstuhl. Ich war gerade hineingegangen und sah in den Spiegel, als eine ältere Frau mit Marie den Fahrstuhl betrat. Ich sah genau, wie die ältere mich sabbernd anstarrte und das Mädchen schüchtern wegsah. Es war der Tag ihres Einzugs.

Später erzählte sie mir, dass die ältere ihre Mutter war, Marlon in mir sah und sie ihr versprechen musste mich zu treffen. Marie war das peinlich, schließlich kenne sie mich doch gar nicht. Doch ihre Mutter bestand darauf. Wer weiß, was die Alte, vielleicht mit mir angestellt hätte.

Jetzt sind wir schon wieder an diesem Punkt. Ich glaube Marie wäre es gar nicht recht, wenn ich noch mehr über sie erzähle. Aber sie sollen wissen, wie es endete. Ich wollte Marie und dann wollte ich sie wieder nicht. Meine ersten, wie nennen es die Behörden, Straftaten geschahen. Ich erzählte Marie nichts. Dann kam der Tag, als ich das erste Mal einfuhr.

Die Zeit des Briefeschreibens begann. Ja, sie schrieb mir wirklich. Es war wie damals, als wir in meinem Appartement waren und stundenlang Udo Lindenberg hörten. Sie war bei mir, ich war bei ihr. Und endlich wurde ich entlassen.

Es war ein Freitag. Ein Freund von mir wartete vor der Telefonzelle. Ich rief Marie an. Bei ihr brannte Licht. Sie nahm den Hörer ab und ich hörte endlich ihre Stimme nach so langer

Zeit. „Lass mich mit Dir reden", bat ich sie. Alles was sie sagte, war: „Nein". Ich legte auf.

Hätte ich nur damals nicht so schnell aufgegeben. Wenn Sie denken, dass Sie im Knast keine Informationen bekommen, dann liegen sie komplett falsch. Ich wusste, dass ihr neuer ein Drogen Dealer war. Ich wusste, dass er ihr erzählte, dass er nur an Schauspieler und an große ganz große Tiere verkaufe. Ein komplettes Arschloch.

Aber was sollte ich tun? Ich tat nichts, gar nichts. Na ja, ich probierte auf ein Neues zu leben. Am 18. Februar schlug ich die Zeitung auf und las eine Todesanzeige: Marie-Louise K.

Das war dann das zweite Mal, dass ich einfuhr. Der Drogendealer hieß Bernd und ich hatte ihm ordentlich Bescheid gestoßen.

Bei den folgenden Texten handelt es sich um Erlebnisse von Ulrike Kröber. Alle Namen wurden geändert.

Von Cola, Fisch, Wasser und dem Tod

Heute rief mich einer meiner Ex-Teilnehmer an. „Frau Kröber wir haben heute unser Einjähriges". Seit einem Jahr hat er unser Etablissement verlassen. Es ist schön zu hören, dass er ein neues Leben hat und es genießt. Natürlich gab es auch für ihn Schwierigkeiten drinnen und draußen.

Vier Jahre war er auf der Flucht bevor er sich selbst stellte. Er ist Ersttäter, das heißt zum ersten Mal in einem Gefängnis. Herr Main erzählt mir von seinem ersten Tag in der JVA.

Morgens öffneten sich die Türen und er hörte ein lautes „Cola". Na die haben hier ja Bräuche, dachte er sich. Aber er lief artig die Treppen hinunter und stellte sich in eine lange Schlange. Die Menschen vor ihm und hinter ihm erschienen ihm mehr als sehr merkwürdig. Als er an die Reihe kommt und der Stationsbeamte ihn fragt: „Was wollen Sie denn hier?" „Mein Name ist Martin Main. Dürfte ich bitte eine Mezzo Cola haben?" Der Beamte sah ihn verständnislos an. Was hatte Herr Main falsch gemacht? Gar nichts.

Es wurde nur nicht „Cola" sondern „Pola" (Es handelt sich um Polamidon – zur Substitution bei Drogenabhängigen.) gerufen. Heute kann er darüber lachen, aber er ist froh, dass dies Kapitel abgeschlossen ist.

Seine Freundin hat während der Haft zu ihm gehalten und jetzt genießt er die Zeit mit ihr. Er putzt und kocht, wenn sie Spätschicht hat. „Ein ganz normales Leben, so wie ich es mir immer vorgestellt habe, während meiner Haftzeit" sagt Herr Main. Ich freue mich so für ihn, denn es ist gar nicht so einfach um nicht zu sagen sehr schwer, wenn ein Inhaftierter kein soziales Umfeld hat, das ihn auffangen kann, wenn er die JVA verlässt. Ganz schnell kann es dann passieren, dass er wohnungslos in einem Männerwohnheim landet und dann geht das Ganze von vorne los. Der Drehtüreffekt: „Der kommt sowieso wieder."

Aber gerade diese Schwiegermutter Typen, wie Herr Main, bei denen ich überhaupt nicht begreife, warum ich sie an diesem Ort treffe, können so charmant sein:

Freitags gibt es immer Fisch. Wer mich kennt, weiß, dass ich gerne über Essen spreche und auch gerne esse. Als bekennende Ostfriesin steht Fisch ganz oben auf meiner Wunschliste. Privatgespräche sollten mit Inhaftierten nicht geführt werden. Die eine oder andere Bemerkung kann ich sicherlich manchmal nicht verhindern.

Es ist also Freitag und ich hetze nach einem Termin zurück in mein Büro. Kaum sitze ich, da klopft es. Einer von meinen Teilnehmern steht mit einem Teller vor der Tür. Mit den Worten „Frau Kröber, die Portion war heute so groß (vielleicht sagen Sie „gelogen", ich sage „charmant übertrieben", es gibt keine großen Portionen). „Ich habe Ihnen etwas übriggelassen". Er hatte die Portion geteilt und mir eine Hälfte Fisch und Kartoffelsalat auf einem Teller gebracht. Ich war so gerührt.

Vielleicht fragen Sie jetzt, darf man das denn, könnte da nicht etwas beigemischt sein? Nein man darf das nicht, ja da könnten Substanzen beigemischt worden sein.

Aber für mich gilt nach wie vor: Vertrauen vor Misstrauen, aber natürlich vertraue ich nicht jedem.

Zu Beginn meines Unterrichtes habe ich immer eine große Flasche Wasser auf den Tisch gestellt. In den Pausen war diese unbeobachtet. Ein Bediensteter machte mich darauf aufmerksam, dass ich dies doch besser nicht täte. Ich schaute ihn daraufhin etwas dümmlich an, weil ich mir das nicht erklären konnte. Man könne da in einem unbeobachteten Moment etwas hineintun. Nur um mal zusehen, wie reagiert denn die Dozentin nach einer Portion, was auch immer. Mir wurde ganz schlecht bei dem Gedanken, dass ich etwas konsumieren könnte und wie ich reagieren würde. Kennen Sie den Film 1,2,3 von Billy Wilder? Richtig, der in dem die Sekretärin Kasatschok auf dem Tisch tanzt. So sah ich mich und die Anstaltsleitung, die genau in dem Moment, die Türe öffnet. Was würden die wohl glauben oder sagen?

Ich werde oft gefragt, wie das denn so ist mit den schweren Jungs und wie ich das denn alles so verkrafte? Unter anderem mit ganz viel Humor.

Gestern hatte ich eine Biopsie. Keine nette Angelegenheit, vor allen Dingen auch die Wartezeit auf das Ergebnis. Wie vertreibt man/frau sich die am besten? Sie ahnen es; mit Arbeit. Mein Göttergatte hatte mich begleitet und die Tränen getrocknet.

Darum beschloss ich ihn dafür zu belohnen. Ich lud ihn zum Essen ein in unser JVA Restaurant.

Zunächst gilt es Essensmarken zu kaufen. Immer wenn ich welche brauche, habe ich natürlich keine. Also geht es an diesem Morgen erstmal zur Ausgabestelle. Natürlich vor mir zwei Personen, die auch etwas wollen. Du hast Dir die Zeit wieder zu knapp eingeteilt, schimpfe ich leise vor mich hin. Um zehn Uhr ist eine Konferenz.

Dann bin ich endlich dran.

Heute gönne ich mir mal was und verlange gleich vier Marken. Dann habe ich zwei Essen für zwei Personen. Aber ich habe keine Ahnung wie lange die Marken gültig sind. Also flugs gefragt. Der normalerweise mich etwas knorrig anblickende Beamte, lächelt mich heute an und spricht: „Die können Sie noch nach Ihrem Tod vererben."

Mein Bauch sagt, habe ich ein Schild, wo darauf steht wie alt ich bin? Eigentlich habe ich mich für mein Alter und keinerlei Schönheitsoperationen ganz gut gehalten und ist man schon in meinem Alter dem Tode geweiht? Weiß der schon das Ergebnis der Biopsie? Aber dann muss ich so lachen.

Jetzt will der einmal nett zu mir sein und erwischt ein für mich in meiner Situation falsches Thema. Es ist Gesprächsstoff für meinen Vormittag und ich zaubere auf einige Gesichter ein Lächeln. Humor ist doch bekanntlich, wenn man trotzdem lacht.

Die Begegnung

Ich komme gerade an einer Tür an und höre hinter mir zwei Essenswagen. Schnell öffne ich die Tür um zuerst die beiden Wagen mit jeweils einem Inhaftierten und einem Beamten in das Gebäude zu lassen.

Der erste Wagen passiert. Der Inhaftierte hat sich, wahrscheinlich auf Grund der Kälte, seine Kapuze tief in die Stirn gezogen und sieht ziemlich grimmig auf den Boden. Ich habe mir angewöhnt entsprechend der Tageszeit immer irgendetwas ganz laut zu brüllen. „Guten Morgen", „Mahlzeit", „Hallo" immer was gerade so passt. Wie so eine Art Abschreckung. So zeige ich, dass ich zumindest alle verbal in Grund und Boden rammen kann. Also belle ich gerade laut „Mahlzeit". Die beiden Wagen passieren und sind im Gang angekommen. Plötzlich schaut der Inhaftierte hoch und sieht mir in die Augen. Ich denke gerade noch, den kennst Du doch. Da stürzt er sich auch schon auf mich.

„Was machen Sie denn hier?" fragt er mich, während er mich in den Arm nimmt und an sich heranzieht. Das ist natürlich strengstens verboten. Der Beamte ist kurz davor Alarm zu schlagen. Ich kann gerade noch stammeln, dass wir das hier nicht dürfen. Herr Iller war einer meiner Umschüler zum Reiseverkehrskaufmann (draußen, also nicht in der JVA). Vor drei Jahren hat er seine Ausbildung abgebrochen. Damals war er im offenen Vollzug in Celle. Eine weitere Unterhaltung auf dem Gang ist nicht möglich, da er seiner Arbeit nachgehen muss. Er ruft nur im Weitergehen, dass er für 462 Tage hier sein wird und versuchen wird, mich zu kontaktieren.

Ob ich das wirklich will? Eigentlich nicht. Er erinnert mich natürlich auch an seine damaligen Mitschüler. Es war eine der schrecklichsten Klassen, die ich jemals unterrichtet habe. Ein Beispiel: Unterrichtsbeginn 08.OO Uhr - anwesend die entsprechenden Dozenten und kein Schüler. Gegen viertel nach acht die ersten Schüler treffen ein. Im Klassenraum werden zunächst die Schreibtische desinfiziert. „Die Putzfrau putzt nicht richtig."

Ohne Frühstück geht gar nicht. Also begeben sich die ersten Schüler in die Küche, dort werden fleißig Brötchen geschmiert. Nebenbei lästert man über die nichtanwesenden Schüler und Dozenten. 08.35 Uhr - Während weitere Schüler in Einzelformation erscheinen, sind die ersten im Klassenraum wieder eingetroffen und mit ihrem Frühstück beschäftigt. Jetzt kann es ja losgehen. Sie beißen genüsslich in ihre Brötchen und sie sprechen mit vollem Mund „Frau Kröber fangen Sie doch endlich mal an."

Zur Begrüßung gab unser Herr Iller jeden Morgen einigen Schülerinnen ein Küsschen. Seine Geschlechtspartnerorientierung sei dahingestellt. Ich sieze meine Schüler und ich halte auch nichts von weiterer physischer Nähe. Aber Herr Iller meinte, diese besondere Ehre solle doch auch mir zu teil werden. In den allermeisten Fällen konnte ich mich wehren, aber ein oder zwei Mal erwischte er mich doch. Wahrscheinlich wollte er mir zeigen, dass ich zu den auserwählten gehöre, die er mag. Aber wer will von einem Lästermaul (zugegebener Massen charmanten) geküsst werden (und sei es auch nur auf die Wange)?

In dieser Klasse gab es einen Sexshop Verkäufer. Ursprünglich hatte er den Malerberuf erlernt. Er weigerte sich die Hausaufgaben in Englisch zu erledigen. Vor der ganzen Klasse wurde er ziemlich laut und sein Sprachgebrauch entstammte seinem zuletzt gewählten Milieu. Vor versammelten Teilnehmern kann das sehr unangenehm werden und zu unschönen Diskussionen über die Sinnhaftigkeit und im Allgemeinen führen. Der eine oder andere hatte natürlich auch keine Lust dazu. Es sei doch gar nicht sicher ob Englisch überhaupt geprüft würde. Vielleicht eine oder zwei Fragen, die könne man doch links liegen lassen. Aber für das Leben? Ein Reiseverkehrskaufmann, der kein Englisch spricht? Für mich undenkbar. Aber die Klasse beschloss den Englisch Unterricht zu boykottieren.

Ach und dann gab es da noch die Bäckerin. Sie stellte sich zwei Jahre lang in jeder Pause in eine Ecke mit dem Gesicht zur Wand. Damit zeigte sie deutlich, dass sie keinerlei Kontakt zu Mitschülern oder Dozenten haben wollte. Manchmal habe ich mir gewünscht, dass ich mich meinen Teilnehmern gegenüber so verhalten würde.

Nach dem Motto: „Ehrlich, ihr könnt mich mal."

Angst vor der Entlassung

Was mich sehr beschäftigt ist, wie viel Angst die Inhaftierten vor der Freiheit haben. Die Freiheit, die sie oft so sehr vermissen.

Sie können nicht entscheiden, was sie essen möchten, wann sie arbeiten möchten oder wo sie arbeiten möchten. Kein Theaterbesuch, kein Kino, kein gemütliches Kaffeetrinken mit der Oma, kein Schwimmbadbesuch im Sommer oder Spazieren gehen in der Stadt, kein Einkaufsbummel, kein Konzertbesuch und auch kein Klönen in der Kneipe.

Dann naht der Zeitpunkt der Entlassung und alles scheint wieder so nah. Im Knast haben sie einen geregelten Alltag, einige genießen an ihrem Arbeitsplatz einen guten Ruf. Sie werden von den Mitinhaftierten geachtet und von ihren Chefs gelobt.

Wer wird das draußen tun, gibt es noch Familie oder Freunde, die zu einem halten, wird man dem schnellen Geld durch illegale Geschäfte widerstehen können? Das sind Unmengen an Gedanken und Sorgen, die auf die Inhaftierten zu kommen. Einige geben es zu und zeigen offen mir gegenüber ihre Angst. Andere lassen das gar nicht erst zu.

Aber es ist Realität. Vorurteile sind an der Tagesordnung. Wem kann ich erzählen, dass ich einige Zeit in der JVA verbracht habe? Oder sollte ich es lieber verschweigen, aber dann belüge ich doch alle. Das sind Sätze, die ich so oft schon gehört habe. Aber keiner von uns sollte sich zum Richter aufspielen. Das Urteil wurde gesprochen und der Inhaftierte hat seine Zeit verbüßt.

Ich persönlich möchte keinen einzigen Tag im Knast verbringen. Der Verlust der Freiheit, zu tun was ich möchte, ist kein Verbrechen wert. Barfuß über den Rasen laufen, mit meinem Göttergatten über die Welt diskutieren, in den Arm genommen zu werden, Tränen getrocknet bekommen, sich die Frage zu stellen ob Sushi oder Suppe heute auf den Tisch kommt, all das was das Leben für jeden von uns ausmacht.

Aber am schlimmsten wäre es für mich, wenn ein Bediensteter meine Zellentür schließt. Abends. Die Tür ist dann zu. 18.30 Uhr bis morgens 05.30 Uhr. Einfach zu und ich käme nicht raus. Oder spazieren gehen? In der Freistunde, einmal am Tag, eine Stunde immer in die Runde mit immer den gleichen Menschen.

Die Welt ist nun mal nicht Schwarz oder Weiß, sondern grau. Aber es steht keinem von uns zu, einen anderen Menschen zu verurteilen, warum oder wieso er eine Straftat begangen hat. Wir sollten auch den Tätern nach Verbüßen ihrer Haftstrafe eine zweite Chance geben. Denn hinter jeder Tat steckt auch eine Geschichte.

Und denken Sie bitte darüber nach, dass auch Sie zum Straftäter werden könnten. Wenn Sie das jetzt vehement von sich weisen, sollten Sie vorsichtig sein und ein wenig nachdenken.

Haben Sie nicht vielleicht eine Jugendsünde begangen, hatten Glück und sind nicht erwischt worden. Nein, dann sind Sie vielleicht nach drei Bieren noch Auto gefahren oder haben Sie nicht den Barmann nach fünf Wodkas als schwule Zicke bezeichnet oder dem neuen Freund Ihrer Lebensgefährtin mit Schläge gedroht. Dann könnten Sie doch schneller in der JVA landen, als Sie denken.

Stellen Sie sich weiter vor, dass Sie die Zeit Ihrer Haftstrafe überstanden hätten. Ihre Entlassung naht; noch acht Tage. Wohnung weg, Freundin weg, Job weg. Männerwohnheim ist ihre Notlösung. Dort treffen Sie auf Alkoholsüchtige, Drogensüchtige und Ex Knackis. Was glauben Sie, wie schnell Sie wieder zurück sind in der JVA, wenn Ihnen niemand eine Chance gibt?

Wenn Sie diese Gedanken auch nur ein klein wenig berühren, dann hören Sie bitte genau zu, wenn Sie ein Exhäftling um Hilfe bittet. Es darf nicht sein, dass auch nur ein Inhaftierter Angst vor dem „Draußen sein" hat.

Sollte es nicht umgekehrt sein. Angst vor dem Knast.

„Hoffnung ist wie Zucker im Tee: Auch, wenn sie klein ist, versüßt sie alles." Chinesisches Sprichwort

Abschlussworte

Wir möchten uns zunächst bei unseren Teilnehmern bedanken, insbesondere bei allen, die uns ihre Gedanken und Erfahrungen zur Verfügung gestellt haben. Sie hatten nicht die Möglichkeit, die Texte auf einem Computer zu schreiben oder gar in ein Handy zu diktieren, sondern mussten alles handschriftlich zu Papier bringen. Das ist in der heutigen Zeit eine fast vergessene Fertigkeit. Dann wurden die Texte von den Projektmitarbeitern Fritz Winkel und Ulrike Kröber in eine digitale Form gebracht.

Auch möchten wir betonen, dass es den Autoren keine Vorteile oder „Belohnungen" brachte, an diesem Projekt teilzunehmen. Es wurde allen freigestellt ihre Identität preiszugeben oder auch ein Synonym zu verwenden.

An dieser Stelle möchten auf die Arbeit der Beamten und Mitarbeiter des allgemeinen Vollzugs hinweisen: Beaufsichtigung, Betreuung, Versorgung, Kontrolle, Sicherung, Überwachung und Freizeitgestaltung der Häftlinge in den Anstalten. In allen Tätigkeiten besteht die Hauptaufgabe darin, Inhaftierte auf ihre Entlassung vorzubereiten, bei der Resozialisierung zu helfen und dadurch einen Beitrag zur Inneren Sicherheit zu leisten. Darüber hinaus sind Justizvollzugsbeamte bei Haftbesuchen und bei Ausgängen dabei, kontrollieren die Zellen auf Schmuggelware, Drogen, unerlaubte und gefährliche Gegenstände und begleiten Hafttransporte. In den JVAs arbeiten die Mitarbeiter im Schichtbetrieb, rund um die Uhr – auch an Wochenenden. Feiertage, wie Weihnachten oder Ostern sind Arbeitszeit.

Auch durch dieses Buch wird sicherlich deutlich, welch schwierige Aufgabe Tat für Tag auf JVA-Beamte und JVA-Mitarbeiter wartet. Von Seiten unseres Projektes ein großes Dankeschön an Sie alle.

Bei Ihnen, die Sie dieses Buch gekauft haben, möchten wir uns ausdrücklich bedanken. Ihr Interesse zeigt, dass unser Wunsch, Menschen eine zweite oder dritte Chance zu geben auch Ihnen am Herzen liegt. Sie helfen mit Ihrem Kauf unseres Buches dem Verein „Gefangene helfen Jugendlichen", dem der gesamte Verkaufserlös zu kommt.

Ein Zitat von Bertha von Suttner lautet: „Nach lieben ist helfen das schönste Zeitwort."